Copyright© 2021 by Literare Books International.
Todos os direitos desta edição são reservados à Literare Books International.

Presidente:
Mauricio Sita

Vice-presidente:
Alessandra Ksenhuck

Diretora executiva:
Julyana Rosa

Diretora de projetos:
Gleide Santos

Relacionamento com o cliente:
Claudia Pires

Capa, projeto gráfico e diagramação:
Gabriel Uchima

Fotos:
Unsplash

Revisão:
Rodrigo Rainho

Impressão:
Paym

Dados Internacionais de Catalogação na Publicação (CIP)
(eDOC BRASIL, Belo Horizonte/MG)

V696d	Vila Nova, Carolina. Deu match! / Carolina Vila Nova. – São Paulo, SP: Literare Books International, 2021. 16 x 23 cm ISBN 978-65-5922-046-5 1. Ficção brasileira. 2. Literatura brasileira – Romance. I. Título. CDD B869.3

Elaborado por Maurício Amormino Júnior – CRB6/2422

Literare Books International Ltda.
Rua Antônio Augusto Covello, 472 – Vila Mariana – São Paulo, SP.
CEP 01550-060
Fone: (0**11) 2659-0968
site: www.literarebooks.com.br
e-mail: contato@literarebooks.com.br

Prefácio

Rodopiou e bateu. Foi uma colisão com esmagamento.

Na minha época era paixonite, hoje é *crush*. Na minha época achava-se o dito ou a dita, cujo ou cuja, num anúncio de jornal, nas páginas finais de uma revista ou, pasmem os mais jovens, até no rádio. O que se pedia é o mesmo de hoje: nome, o que se inventasse, idade, que raramente correspondia, signo, que nunca caiu de moda, profissão, que sempre se dava uma dourada na pílula, do que mais gosta e menos gosta, que se respondia sempre imaginando pelo que o peixe que morderia a nossa isca iria se atrair mais. Outras vezes as paixonites ocorriam nas festas, nos bares, nas discotecas. Mas, noves fora o reclame publicitado por escrito ou radiofonado, a gente se achegava e as perguntas eram as mesmas: nome, idade, signo, profissão, gosta/não gosta. A vantagem era que não se precisava pedir foto, que, no caso das cartinhas, vinha uma foto 3x4, em P&B tiradas uns cinco anos antes, com trinta cópias, que levava dez anos para gastar — os documentos a renovar e a carteirinha de estudante demandavam foto recente, mas quanto mais recente a foto, mais parecido com o que se é 'agora' se fica.

Enfim, a gente lia, começava a trocar cartinhas, foto, mais cartas, cartões, um telefonema talvez e... BINGO! Ou, a gente se encontrava, vinham uns bilhetes, uns telefonemas e... BINGO!

Só que BINGO! Era ir ao cinema ou comer um pastel ou passear na praça, com sorte, motel para um papai-e-mamãe. Hoje, BINGO! É encontrou, já que está ali, faz. Tudo é fácil, na hora, sem pensar, sem esperar. Nem pediu e já deu — verbo intransitivo.

E é sobre essa realidade que a Carolina decidiu escrever, pois é a realidade em que vive, experimenta; a mesma em que você, leitor deste livro, vive. Até porque cartinhas, cartões e foto 3x4 você nem saberia para que servem. E *CRUSH* é a palavra, um anglicismo que ganhou o mundo e, como tudo americano, viralizou no Brasil. A palavra em inglês pode ter diferentes significados. A depender do contexto, pode designar uma paquera, uma queda, uma arrastar de asinha por alguém ou uma colisão com esmagamento.

Uau! Colisão com esmagamento é o significado não-gíria. A gíria só suaviza a colisão com esmagamento, mas é colisão com esmagamento e pronto e será sempre colisão com esmagamento. Sendo, então, sobre colisão com esmagamento estas páginas da realidade atual que a Carolina nos oferece. Nele, como *voyeurs*, assistimos de fora a reprodução das conversas e os apartes dos personagens e vamos entendendo o que se passa.

Não sou saudosista, as coisas são como são, mas li com uma bola na garganta. Apesar da aparente simplicidade, ao mergulharmos no texto, percebemos a sua profundidade, como recorte, com o retrato.

Deu Match!

Por fim, a alta rotatividade, visível nesses encontros fortuitos, para curiosidade do jovem leitor, não é nova. Rotatividade vem de roda, rodar. E, tal como em acidentes quase fatais, quanto mais rapidamente roda a roda mais séria a colisão com esmagamento. *Crush* que é *crush* é *CRUSH*!

Boa leitura.

Da imaginação fértil e do poder de observação da minha querida amiga Carolina, eu não esperava outro resultado. Sei que não mencionei que há pouco anos *crush* era amor não-correspondido. Mas não é mais. Pelo menos momentaneamente, como se depararão no livro, uma ou outra, ou todas, ou algumas inesperadas fantasias são realizadas. Eis a vida no século 21. *Carpe Diem*! Isto é, aproveita enquanto dá — em latim—, ou aproveita enquanto dás, pois, a merda que é a vida é mais curta que rabinho de porco.

James McSill,

Amigo da Carolina, consultor de histórias, escocês, 65 anos a se divertir com a vida, nunca teve um *crush*, mas conheceu quem teve, atua nas áreas editorial, cinematográfica, televisiva, teatral, política e corporativa em mais de vinte países. E publica fotos lindas da Escócia e dos pratos que prepara.

Instagram: @jamesmcsill

Agradecimentos

São muitos os agradecimentos pertinentes a este projeto que virou livro e o qual busquei realizar mobilizada por conhecer melhor as diferentes dinâmicas que constroem (ou não) os relacionamentos pessoais.

Obrigada a todos os meus *crushes*, personagens criados a partir de contatos verdadeiros, entrevistas, dados pesquisados e aos diferentes olhares de todos eles e de alguns amigos, aqui incrementados pela ficção, sobre este tema rico e inesgotável.

Obrigada, James McSill, por ter me demonstrado o quanto eu podia melhorar, como pessoa e profissional, ter me conduzido diligente e tecnicamente à publicação de uma obra significativa para mim, porque nasceu de um projeto pessoal realizado e acompanhado por você, criticado, refeito, mais uma vez, mais uma e mais uma: — "Queres escrever? Então escreves! E tome umas chibatas também!" Sua criticidade amorosa, generosidade em ensinar e partilhar seus valores pessoais são exemplos de vida que eu preservo e agradeço.

Agradeço ao Maurício Sita por ter acreditado neste trabalho e creditado seu empenho e talento profissional na edição e divulgação deste livro, num momento tão especial da minha trajetória: viver da escrita e para a escrita.

Sumário

Crush nº 1..9

Crush nº 2..17

Crush nº 3..23

Crush nº 4..35

A primeira busca pelo vibrador 47

Crush nº 5..53

Crush nº 5 - parte 2..61

Crush nº 3 - parte 2..67

A segunda busca pelo vibrador 77

Crush nº 6..81

A terceira busca pelo vibrador 89

Crush nº 7..93

Crush nº 8..103

Eu não sou gay!..113

Crush nº 9..117

Afinal, é ou não é gay?..125

Crush nº 3 - parte 3..129

Crush nº 10..133

Crush nº 3 - parte 4..141

Crush nº 1 - parte 2..145

Crush nº 3 - parte 5..147

A dinâmica e curiosidades dos crushes..........................155

Crush nº 1 - parte 3 - a entrevista...........................159

Crush nº 11..169

Crush nº 3 - parte 6..175

Crush nº 12..183

Crush nº 11 - parte 2...191

Crush nº 13..199

Entrevista dos crushes..207

O crush final...217

Nota da autora..232

Mel

Nome	Mel
Idade	40
Signo	Libra ♎
Profissão	Escritora
O que eu mais gosto?	Transparência
O que eu menos gosto?	Mentira, imaturidade e arrogância

Perfil: *espero encontrar alguém para um relacionamento sério. Adoro boas conversas, vinho, risos e pessoas que se mostram de verdade. Afinidade bem além da atração física. Transparência, inteligência e bom humor: nesta ordem!*

Crush nº 1

Reinaldo

Nome	Reinaldo
Idade	46
Signo	Peixes ♓
Profissão	Arquiteto
1º Encontro	Na padaria 24 horas
O que eu mais gostei?	Bonito, sofisticado, um tesão de homem!
O que eu não gostei?	Insere mulheres no Instagram diariamente
Bom de 0 a 10	9
Galinha de 0 a 10	9
Bonito de 0 a 10	9
Peculiaridades	Um *gentleman*
P, M ou G	GG!

Deu match!

[19:05] Bia: E vc vai dar para ele hoje?
[19:06] Mel: Dar? Já? Eu não sei, o que vc acha?
[19:06] Bia: A periquita é sua, vc que tem que saber kkk.
[19:07] Mel: Não sei, tenho medo.
[19:08] Bia: Medo de dar? Kkk.
[19:08] Mel: Eu não conheço ele ainda, né? E se for cilada?
[19:09] Bia: O que vc quer dizer com cilada? Pinto pequeno?
[19:10] Mel: Tb kkk.
[19:11] Bia: Me manda msg pra eu saber o tamanho do pinto!
[19:12] Mel: Eu vou mandar msg pra vc me monitorar, presta atenção, pessoa kkk.
[19:13] Bia: Tô ligada!
[19:14] Mel: Bj!

O perfil do Reinaldo não diz absolutamente nada, mas as três fotos me parecem mais do que suficiente. Corpo atlético, sorriso lindo e cabelos grisalhos.
"Ah como eu gosto."

[19:23] Reinaldo: Aonde a gente vai? Domingo à noite fecha tudo cedo por aqui.
[19:24] Mel: E a padaria vinte e quatro horas?
[19:25] Reinaldo: Vamos lá!

Fechamos o encontro.
Dou mais uma olhadinha nas fotos.
"O primeiro *crush* já é tudo isso? Benzadeus!"

Crush nº 1

Primeiro dia de *app* e eu já estou na padaria perto de casa, aguardando o Nº 1.
"O primeiro *crush* a gente nunca esquece. Será?"
Eu fico olhando para a porta e conferindo o atraso no celular.
"Respira, Mel! Respira! 1, 2, 3..."
Controlo a respiração para diminuir a ansiedade.
Vejo o *crush* se aproximando.
"Ai, meu Deus! Que gato!"
Ele me cumprimenta, puxa uma cadeira e se senta.
— Então você está usando o *app* pela primeira vez, Mel?
— Sim, você é o meu *crush* Nº 1!
Risos.
"O que é esse sorriso perfeitamente moldado em seu rosto? Cai muito bem com seus cabelos grisalhos, sabia?"
Reinaldo me encara, sorrindo.
"Jesus!"
Olho ao nosso redor.
— Será que é normal as pessoas marcarem encontro por aplicativo numa padaria?
Rio.
— É sim, já fiz isso antes.
"Hum. Sei, fale-me mais sobre isso."
— Jura? Como é isso?
— Ah, normal, como a gente fez hoje.
Balanço a cabeça, admirando a paisagem sentada a minha frente.
— E o que você faz da vida, Reinaldo?
— Sou arquiteto.
— Legal.
— E você?
— Sou escritora!
— Escritora?
— É.
— Vai escrever um livro sobre o aplicativo?
— Quem sabe?
Conversa vai, conversa vem, dou uma desculpa para enviar mensagem para a Bia:
— Só um minutinho, Re, preciso enviar mensagem para minha mãe.
— Claro, Mel, fique à vontade.

[21:00] Mel: Tudo certo por aqui, viu?
[21:01] Bia: E o tamanho do pinto? Kkk.

Deu Match!

[21:01] Mel: Ainda não vi.
[21:02] Bia: Afe, que demora kkk.

Eu rio.
— Está rindo da sua mãe?
— É, é que ela é muito engraçada, sabe?
— Hum.
Apesar de estar mega empolgada com o Reinaldo, decido esperar pelo segundo encontro, para descobrir o pacote completo.
"A Bia que espere para saber o tamanho do pinto."
— E então, Mel? Você topa o segundo encontro no bar do meu pai?
— Não é estranho marcar um encontro no bar do seu pai?
— Não. É aqui perto, Mel.
— Hum.
"Encontro no bar do sogro? Sei não."
— Não pode ser na sua casa?
— Você topa ir à minha casa?
— Sim.
Ele sorri lindamente.
— Legal, te espero no sábado na minha casa!
— Às oito horas estarei lá!
Reinaldo me agarra e me dá um beijo daquele jeito.
"Puta que pariu, me leva já?"
Ele me olha e sai em direção a porta.
Eu fico tonta e perco o rumo.

No dia seguinte, coloco a Bia a par das novidades.

[10:01] Bia: Eu não acredito que vc não deu para ele.
[10:01] Mel: Mas é a primeira vez que eu uso o aplicativo.
[10:02] Bia: Mentira, vc usou há uns 5 anos atrás, que eu lembro.
[10:05] Mel: E como vc deve se lembrar, eu me ferrei legal daquela vez e não quero me ferrar de novo.
[10:06] Bia: É só dar, não precisa se apaixonar.
[10:07] Mel: Vc sabe que eu quero um namorado, não quero simplesmente dar.
[10:08] Bia: Vc é romântica demais, Mel, se trata.
[10:10] Mel: Depois te conto de sábado.
[10:11] Bia: Sabe que dia é sábado?
[10:12] Mel: ???
[10:13] Bia: Dia de dar! Kkk.

Crush nº 1

Sábado, dia de dar!
Eu e o Reinaldo trocamos várias mensagenzinhas nos últimos dias.
Eu estou com borboletas no estômago e não é de apaixonada, mas de medo mesmo.

[19:07] Bia: Vai com fé, amiga, o pinto dele vai ser bom.
[19:08] Mel: Vc sabe que a minha preocupação não é essa, né?
[19:10] Bia: E qual seria?
[19:11] Mel: Minha segurança? Por exemplo.
[19:12] Bia: Fala pra ele que vc me passou o endereço dele.
[19:12] Mel: Sério? Não fica chato?
[19:13] Bia: Chato é vc não aproveitar o encontro pq está com medo dele ser um psicopata ou coisa assim.
[19:14] Mel: Gostei, vou falar.
[19:14] Bia: E aproveita para dar bastante.
[19:15] Mel: Vc só pensa nisso.
[19:16] Bia: Quem está usando o aplicativo e indo para o encontro com um desconhecido é vc, eu estou bem quietinha aqui na minha casa.
[19:17] Mel: Deve ser pq vc é casada, né?
[19:18] Bia: Verdade kkk.
[19:20] Mel: Vou sair, me deseje boa sorte!
[19:21] Bia: Te desejo 20 centímetros de sorte, amiga kkk.
[19:22] Mel: Mando msg quando voltar.
[19:23] Bia: bj.

Eu estou subindo o elevador até o apartamento do Reinaldo, com o estômago doendo.
"Ai, meu Deus, ai, meu Deus, em que fria eu vou me meter?"
O elevador para e quando abre, já vejo o Reinaldo, todo lindo e cheiroso me esperando, com a porta do seu apartamento aberta.
"Meu Deus, só pode ser cilada. É bonito demais!"
Ele me puxa para fora do elevador e me beija.
"Puta que pariu! Socorro!"
Eu fico toda mole.
Ele me encosta contra a parede, se esfregando em todo o meu corpo, beijando e mordendo o meu pescoço.
"Jesus amado."
Ele para e me olha nos olhos.
— Vinho?
— Vinho!
Entramos no apartamento.
O vinho e as taças estão sobre o balcão.
O apartamento é bem bonito e organizado, o que de alguma forma me ajuda a relaxar.
— Minha amiga sabe que eu estou aqui, tá?

Deu Match!

— Oi?
— Dei seu endereço para ela.
Ele ri.
— Tá.
"Que mico, meu Deus do céu, que vergonha!"
Reinaldo abre o vinho na minha frente, sorrindo.
Me entrega uma taça e brindamos.
Ele me puxa contra seu corpo e me beija mais uma vez.
Tomo um gole e aprecio.
— Muito bom!
— Quer sentar na varanda?
Olho para a área externa, enorme e aconchegante.
— Quero!
Nos sentamos e continuamos conversando, bebendo e beijando, entre uma coisa e outra.
— E aí, como está sendo a experiência no aplicativo, Mel?
Eu rio.
— Eu ainda estou no primeiro.
Ele ri.
Além de lindo, é inteligente, sofisticado e beija muito bem, ah, como beija.
Reinaldo me beija mais uma vez, pega e abre a segunda garrafa de vinho.
"Ai, meu Deus, que perdição!"
— Então você nada todos os dias, Reinaldo?
— Igual você, Mel, dois quilômetros por dia.
— Quantas coincidências, não?
— Pois é, somos praticamente vizinhos e nunca nos vimos antes.
— Vai saber.
— Mil e duzentos metros de distância entre eu e você, Reinaldo, é muito pouco.
Ele me pega pela cintura e me aperta.
— Só mil e duzentos metros longe de você, Mel.
"Ui, aperte mais, delícia!"
Reinaldo parece ouvir meus pensamentos.
Tira a taça da minha mão e coloca sobre a mesa. Faz o mesmo com a taça dele e se volta todo para mim.
"E que todo. Socorro!"
Reinaldo se levanta e me oferece a mão para ir com ele.
"Ai, meu Deus, é agora."
Eu pego sua mão e seguimos para seu quarto.

Reinaldo me agarra, me beija, me aperta, me morde e eu estou atordoada com o vinho, retribuindo tudinho, sem muito esforço.
Eu tiro sua camisa e ele tira a minha blusa.
Em questão de segundos, me percebo de calcinha e sutiã.

14

Crush nº 1

Reinaldo está só de calça jeans e começa a tirá-la lentamente, olhando para mim.
Eu não consigo disfarçar a curiosidade.
Só de cueca, ele sorri, com a maior cara de safado do mundo.
Eu engulo seco.
"Cadê o vinho?"
Agora ele tira a cueca. Eu pisco várias vezes, sem desviar ou disfarçar o olhar.
"Minha Nossa Senhora dos 20 centímetros! Socorro! É mais do que isso!"
Eu olho para ele e solto, sem pensar.
— Por favor, não me machuque.
Começo a rir.
Reinaldo me agarra e me joga em cima da cama.
"Quantos centímetros tem esse troço? 24? Como é que eu vou medir?"
Já sinto os mais de 20 se esfregando e se aproximando do meio das minhas pernas.
— A Bia vai gostar.
— Quem é Bia, Mel?
"Putz, pensei em voz alta."
— Nada não, Re.
"Só falta ele achar que minha periquita se chama Bia!"
Eu tenho um ataque de risos.
— O que foi, Mel?
— Nada não, não para.
Eu beijo o Reinaldo e subo em cima dele.
"Afinal, hoje é sábado! Dia de dar!"

Já em casa, me despindo e indo para a cama.

[01:04] Mel: É combo!
[01:04] Bia: Como assim, combo?
[01:05] Mel: Hambúrguer, fritas, refri e cafezinho. Tudo de bom!
[01:06] Bia: E o principal? P, M ou G?
[01:07] Mel: Bota G naquilo, amiga!
[01:08] Bia: Então vc finalmente deu? Aleluia!
[01:09] Mel: Tô apaixonada!
[01:10] Bia: Como assim tá apaixonada, Mel? Vc acabou de conhecer o cara.
[01:11] Mel: Eu tô!
[01:12] Bia: Fui!

Eu abro o aplicativo e fico olhando as fotos do Reinaldo.
"Mas ele é lindo."

Deu Match!

Durmo com o celular na mão.
Repara na bagunça na vida da pessoa.

Passados alguns dias, eu ainda estou sonhando acordada com o Reinaldo e admirando suas fotos no celular.
Chega mensagem.
"É ele! É ele! É ele!"
Suspiro.
— É a Bia.
"Ai, que decepção, meu Deus."

[08:25] Bia: Fala, Mel, quando vai ver o Reinaldo de novo?
[08:26] Mel: Não sei, estou achando ele meio frio.
[08:26] Bia: Afe, fala sério.
[08:27] Mel: Pois é, tô chateada.
[08:28] Bia: Parte pra outro!
[08:29] Mel: Mas já?
[08:29] Bia: Vc não quer um namorado?
[08:30] Mel: Sim, mas já vou procurar outro?
[08:30] Bia: É o que todo mundo faz, Mel!
[08:31] Mel: Porcaria!

O Reinaldo é tão carinhoso, gostoso e dono de um sorriso lindo.
"Até saí da porcaria do *app*! E ele deve estar lá, se divertindo horrores."
Olho o Instagram dele e vejo que inseriu outras mulheres depois de mim.
"Mas é assim então? Ninguém se aprofunda em nada, é isso mesmo?"
Respiro fundo e fico olhando para o teto por um tempo.
"Eu me sinto apaixonada pelo Reinaldo, eu confesso!"
— Mas que merda – falo sozinha.
Olho o Instagram dele mais uma vez.
— Que raiva, FDP!
"O que eu faço? Não quero ficar saindo com um monte de gente a torto e a direito. Não foi para isso que eu entrei no aplicativo."
Decido insistir no Reinaldo por alguns dias, por telefone, mensagens e áudios, falamos em nadar juntos, mas não sai disso.
"Que lenga lenga do caralho!"
Com todo o respeito com quem fica de galinhagem, mas tem coisa que se faz na adolescência, na época de faculdade, pós separação, mas até quando? Todo excesso esconde uma falta. Todo mundo sabe disso, né? Fala sério.
Se ele ficasse comigo, eu não ficaria com mais ninguém, sairia do aplicativo, feliz e contente.
Vai vendo.

Crush nº 2

Roberto

Nome	Roberto
Idade	47
Signo	Virgem ♍
Profissão	Empresário
1º Encontro	Bar Morumbi
O que eu mais gostei?	Muito engraçado
O que eu não gostei?	Surubeiro, doido varrido
Bom de 0 a 10	7
Galinha de 0 a 10	10
Bonito de 0 a 10	7
Peculiaridades	Fora da casinha total!
P, M ou G	G

Deu match!

Perfil: *intenso.* Procuro um relacionamento sério. Viajar, vinho, papo leve, risadas, viver intensamente. Moro em SP. 1,81m. Não sou muito comum, estou fora da caixa.

Eu mando um *print* da foto e do perfil do Roberto para a Bia.

[12:12] Bia: E esse Roberto, Mel?
[12:13] Mel: Adorei o perfil, parece ser exatamente o que eu quero.
[12:13] Bia: E qual o problema, então?
[12:14] Mel: Ele parece meio fora da caixa.
[12:14] Bia: Fora da caixa?
[12:15] Mel: Muito fora da caixa, longe da caixa, eu diria que a vários quilômetros da caixa.
[12:15] Bia: E o tamanho da caixa? kkk.
[12:16] Mel: Vc sabe que essa não é a única coisa que eu penso, né?

Eu ainda fico dando um tempo, para ver se o Reinaldo dá as caras e eu posso feliz e contente sair do *app* e seguir com ele.
Mas...
Numa manhã, trabalhando na minha escrivaninha, o Roberto insiste em marcar um encontro:

[11:03] Roberto: Vamos sair, Mel!
[11:04] Mel: Estou conhecendo o meu primeiro *crush* ainda.
[11:05] Roberto: Tomara que ele tenha o pinto pequeno.

Crush nº 2

Eu solto uma gargalhada.
"Pequeno não é mesmo."
Com o Nº 1 me enrolando, depois de dois encontros bem-sucedidos, decido fazer a fila andar.
Vamos amar o próximo! Que o último a gente já sabe que não deu certo.

Acabamos de chegar no Bar Morumbi perto da minha casa. Aliás, com esse *app*, parece que o mundo todo fica perto da minha casa.
Bendita vizinhança!
Sentamos na área aberta e pedimos cerveja.
"Hoje não tem a Bia para me monitorar. Mãe, casada, profissional, ocupada total."
Nº 2, doido, 47 anos.
Roberto tem nariz grande, alto e magro.
— Você quer namorar comigo, Mel? Vou te pedir em namoro três vezes. E depois eu desisto.
Eu engasgo com a cerveja.
— Oi? A gente acabou de chegar!
Risos.
"Nós mal começamos a conversar."
— Vou pensar.
— Você vai namorar comigo, Mel.
Eu respiro fundo e rio.
— Vou?
"Quanta sede, meu bem, calma."
— Eu sou o cara certo para você!
Eu passo a mão no cabelo e encaro seus olhos, observando.
— Precisamos de tempo primeiro, não, Roberto?
— Porque tempo, Mel? Eu já estou apaixonado por você, meu amor!
— Te contei que meu pai é pastor, Roberto?
"Essa deve ser boa para ele desacelerar."
— Não!
Eu tomo mais um gole de cerveja e rio por dentro.
— Sim!
— Mas, Mel, você não parece evangélica.
— Não, né?!
"Peso na consciência. Bem, mais ou menos."
— Vamos fazer o seguinte, Roberto, esquece esse assunto.
— Melhor mesmo, Mel.
— O que você ia me dizer antes disso?

Deu Match!

Agora ele toma um belo gole de cerveja e respira fundo, me encarando.

"Que medo."

— Tá, eu tenho algumas exigências, para gente namorar.

— Exigências? Como assim? Estou te conhecendo hoje.

"Mais um gole de cerveja. Não sei por que, mas sinto que vou precisar."

Ele pega o celular para me mostrar suas supostas exigências.

"Que coisa mais estranha para um primeiro encontro."

— Vou te mostrar o que você precisa fazer para ser minha namorada.

"Oi? Como assim? Quem disse que para namorar alguém eu vou cumprir exigências?"

Ele me mostra fotos de sexo grupal.

"Oi? Como assim?"

— Está vendo? Aqui é meu pai, meu irmão, minha ex-namorada, minha mãe e minha cunhada.

Na foto tem pessoas nuas, uma em cima da outra, literalmente em atos libidinosos, por assim dizer.

Eu olho para a foto e olho para ele.

— Oi?

— Essa outra tem meu irmão de novo, duas vizinhas e eu.

Mais uma foto que parece de revista pornográfica.

Ele aponta para o pau dele na foto.

— Olha como eu sou grandão!

"Como é que eu fujo daqui?"

— Você transa com a família toda, é isso?

— Não, claro que não, é só quem quer.

"Sexo com os parentes?"

Solto o ar que ficou preso no peito.

"Como assim, meu Deus do céu?"

Eu mal consigo respirar.

Ele me mostra mais uma foto com um cara bem dotado, se exibindo e fazendo pose.

— Gostou do meu pai? Olha o pau dele, que grandão também – ele aponta na foto.

"Cara, socorro! Você é meio louco, não é não?"

— Desculpe, mas não estou interessada em nada disso, Roberto.

— Por que não, sua igreja não permite?

— Lógico que não, né?

— Mas você obedece a igreja, Mel? Se obedecesse não estava no aplicativo, não é?

— Nem tem a ver com a igreja, Roberto. Não estou interessada em nada disso.

— Como não? Claro que está, eu estou vendo na sua cara que você adorou meu pai.

Eu nem sei como, vou me levantando, sem saber onde olhar, de tão atordoada com a situação.

"Como é que eu saio daqui?"

— Eu preciso ir ao banheiro, já volto.

"Pega a bolsa, o celular, isso. Cadê a saída deste lugar? Socorro!"

Crush nº 2

Eu saio caminhando rapidamente e, quando vejo, já estou em disparada.
Corro para o estacionamento.
— Cadê meu carro? Cadê meu carro? Como eu fui me meter numa enrascada dessa?
Escuto o doido correndo já atrás de mim.
— Mel! Mel! Volta aqui!
Que desespero. Eu enfio a mão na bolsa para procurar a chave, enquanto corro, me aproximando do carro e olhando para trás.
"*Crush* em fuga, é isso mesmo?"
Me apresso.
"Ai Jesus, cadê a chave? Pronto. Abre! Abre, porcaria, não vai me fazer cena de filme agora. Ok, fecha a porta, liga, vamos embora!"
— Consegui!
O carro está ligado e eu acelero, ainda sem sair do lugar.
"Graças a Deus, vidros fechados."
— Mel, Mel, para o carro, a gente não combinou ainda como vai ser o nosso relacionamento. Eu vou falar com o seu pai, se você quiser.
O doido vem correndo para me impedir de ir embora.
"Pode isso, produção?"
Ele se joga em cima do capô e fica com os braços abertos, se segurando nas laterais.
Eu abro uma pequena fresta da janela e grito:
— Sai de cima do meu carro, Roberto, eu vou embora, eu não vou ficar com você.
As pessoas no estacionamento e na rua olhando a cena absurda. Roberto abraçado ao capô e eu tentando sair em marcha lenta.
"Até o pessoal da parte interna do bar está me olhando pela janela. Vergonha, vergonha, vergonha!"
— Desce do carro, Mel, vamos conversar, senão eu vou tirar a roupa aqui mesmo.
"Gente do céu, esse cara é muito louco, não é possível!"
Os seguranças chegam correndo. O capeta está em cima do carro, impedindo a fuga de um anjo!
— O que está acontecendo aqui? – um deles pergunta.
— A minha namorada. A gente teve uma divergência à toa e eu estou pedindo para ela ficar. Ela já vai descer, né, Mel? – Roberto fala.
"Oi?"
— Não, senhor, eu não sou namorada dele coisa nenhuma, só quero que ele saia de cima do carro para eu ir embora.
— Senhor, desça do carro, se ela quer ir embora é um direito dela.
— Mas ela é minha namorada — ele grita.
— Mesmo que seja – o segurança diz.

Deu Match!

— Ah é assim? É assim?

Roberto desce do carro e começa a tirar a roupa bem em frente ao meu carro, numa espécie de *strip tease*, fugindo das mãos dos seguranças, que tentam impedir a cena mais bizarra da minha vida.

Os seguranças o seguram pela calça, que sai na mão de um deles. Roberto está agora de cueca e camiseta.

A cena é muito louca. Ele rebola um pouco mais e joga a camiseta no outro segurança.

Em segundos, Roberto fica peladão, girando o pênis igual helicóptero para lá e para cá, mostrando para mim e para os seguranças.

Todo mundo de dentro do bar olhando.

"Que mico!"

— Aí Mel, olha o que você perdeu, meu amor, uhu.

— Vai embora, moça, vai embora.

"Socorro."

Respiro fundo.

"Foge daqui!"

Vou mesmo.

Vejo mais pessoas se aproximando do showzinho inusitado no estacionamento.

Olho pelo retrovisor e o Roberto continua correndo dos seguranças.

Seria cômico se não fosse tão constrangedor.

"Jesus Cristo."

Depois dessa vou para casa e juro tomar mais cuidado com os *likes*.

22

Crush nº 3

Leonardo

Nome	Leonardo
Idade	45
Signo	Aquário ♒
Profissão	Gerente Multinacional
1º Encontro	Na casa dele
O que eu mais gostei?	Tem pegada, me deixa louca!
O que eu não gostei?	Galinha demais, some!
Bom de 0 a 10	8
Galinha de 0 a 10	10
Bonito de 0 a 10	7
Peculiaridades	Meu vizinho
P, M ou G	M

Deu match!

Perfil: *relacionamento divertido. Lavo, passo, cozinho, troco chuveiro e conserto chapinha. 1,85m.*

Depois de alguns dias, até eu me recuperar do louco do Nº 2 e também de bloqueá-lo no aplicativo, me benzer, receber um passe e tomar banho de sal grosso é que veio o Leonardo.

[10:10] Bia: Que furada aquele Roberto, pelo amor.
[10:11] Mel: Agora vou conhecer meu vizinho!
[10:11] Bia: Como assim, vizinho? Conheceu pelo *app*?
[10:12] Mel: Pior que sim, vc acredita? Dois prédios acima do meu.
[10:13] Bia: Então é isso? Precisa de aplicativo para pegar uma xícara de açúcar emprestada com o vizinho? Kkk.
[10:14] Mel: Bom que eu posso ir a pé! Kkk.
[10:14] Bia: Vai com cuidado, socorro.
[10:15] Mel: Não vai falar de tamanho dessa vez?
[10:15] Bia: Não, tô começando a ficar preocupada com seus encontros.
[10:16] Mel: Não fique, qualquer coisa eu grito!
[10:17] Bia: Juro que estou torcendo que vc encontre um namorado logo e saia desse aplicativo!
[10:18] Mel: Essa é a ideia!

Eu abro o aplicativo e fico olhando as fotos do Leonardo.
Falo em voz alta e suspiro:
— Leonardo! 250 metros de distância de você!
"E se ele for um pervertido igual ao Roberto? O capeta de novo não!"

Crush nº 3

Respiro fundo e faço o sinal da cruz, de olhos fechados.
"Será que é possível encontrar alguém disposto a compreender a minha situação em relação ao meu pai com a igreja?"
Complicado.
Depois da experiência com o Nº 2, eu mando todos os *prints* dos *crushes* para a Bia: endereço, horário, número de telefone, RG, título de eleitor, cor da cueca e CPF.

[10:50] Bia: Mel, pelo amor de Deus, toma cuidados com esses *crushes*!
[10:51] Mel: Sim, eu vou avisando vc e mandando os *prints*!

Fico no sofá, pensando com meus botões.
"Em São Paulo, 40 anos, como é que eu vou encontrar alguém, se não for pelo aplicativo? Eu me sinto sozinha, carente. Trabalho em casa, sem telefone, colegas, não conheço ninguém."
— Porcaria!
"Foi meu primo que me ajudou a usar o aplicativo."
— Mel, seu pai sabe que você vai entrar no aplicativo?
— Claro que não, né?
— Bom, eu não tenho nada a ver com isso. Não quero problemas com seu pai.
— Já tenho quase quarenta anos.
— Eu sei, Mel, mas vai convencer seu pai disso?
— Ai, meu Deus.
Nos entreolhamos alguns segundos.
— Mel, me dá seu celular, vai, põe a senha, eu vou instalar o aplicativo para você.
— Ai, eu não sei se eu quero.
— Vai, põe logo a senha. Depois você apaga, se quiser.
Eu coloco a digital no celular.
— Vai então, me explica como é que funciona.
— Aqui, vem cá, é fácil.
— Como eu faço para ver os *crushes*?
Meu primo faz um tutorial na prática para mim.
Isso foi num sábado à noite.
"Sábado, dia de dar!"
Aplicativo instalado.
E vida que segue ladeira abaixo.
Vai vendo.

Eu subo a rua do meu condomínio, toda arrumada, de salto alto, para o prédio do Nº 3.
Os seguranças ficam me olhando de cima a baixo.
— Boa noite!

Deu Match!

Cumprimento, mas de verdade, espero que não reparem para onde estou indo.
"Ou melhor, reparem sim, caso eu não volte!"
Balanço a cabeça de um lado a outro.
"Seja o que Deus quiser!"
Eu paro e olho para o céu.
— O Senhor quer?
Volto a caminhar, satisfeita pelo *crush* morar tão perto.
Pergunto de novo para Deus:
— Não podia ter dado certo com o Nº 1, Senhor? Aí eu não precisava mais fazer isso.
O sorriso do Reinaldo me vem à cabeça.
— Ai, ai. Indo me encontrar com o Nº 3, pensando no Nº 1.
"Logo eu, que sou aquele tipo raro de pessoa que curte ficar com uma pessoa só, uma de cada vez. Romântica, fiel e transparente, construindo intimidade e cumplicidade."
— Será que tem alguém no aplicativo com este perfil?
"Não perca as esperanças, Mel!"
Se eu não encontrar um namorado, quem sabe eu escrevo um livro.
— Sábado, Mel! Dia de dar!
Eu falo e rio sozinha.

Toco a campainha do Nº 3.
"Ai, que medo. Cadê o Reinaldo? Peste!"
O Leonardo abre a porta com sorriso de orelha a orelha.
— Uau, você é linda, Mel!
Dou um beijo em seu rosto e entro.
— Obrigada!

Estou sentada no sofá do *crush* Nº 3, tomando vodca com Coca-Cola.
O apartamento é simples e todo arrumadinho, me sinto bem.
— Eu nunca vi você no condomínio, Leonardo.
— Eu também nunca vi você, Mel, que absurdo.
— Reclama com o síndico!
Ele ri e continua:
— Linda desse jeito, eu não teria esquecido.
"Ele até tem seu charme, mas o Reinaldo é bem mais bonito."
— Está pensando no que, Mel?
"No Reinaldo!"

Crush nº 3

— Nada não, Leonardo.
Conversa vai, conversa bem e eu não consigo me soltar.
Tomo mais um gole da vodca com coca e continuo pensando no Reinaldo.
"Ah, Minha Nossa Senhora dos 20 centímetros!"
Eu não consigo falar muito, cabeça longe.
Silêncio.
— Está pensando no que, Mel?
"No Reinaldo, já falei!"
— Nada não, Leonardo.
Ele me olha torto e eu termino o *drink*.
— Eu já vou indo, Leonardo.
— Por que, Mel? Você não gostou de mim?
Eu rio e vou me retirando, sem saber o que responder.
Leonardo me agarra e me dá um beijo daquele jeito, com as mãos passando por todo o meu corpo.
"Ui, delícia, para não. Ou para? Nem eu sei."
— Fica, Mel, por favor.
— Hoje não, outro dia, talvez.

Eu saio do apartamento, que fica no térreo.
O corredor está bem iluminado. Leonardo põe a mão em volta dos meus olhos e os abre, como se estivesse fazendo algum exame de vista.
— Que olho lindo, meu Deus? Que lindo!
Eu rio.
Leonardo gesticula encarando meus olhos.
— Você não vai voltar, vai? Você não gostou de mim, né? – ele pergunta, desesperado.
Eu dou um selinho e vou embora.
Eu rio muito. E ele achou que eu não gostei de ficar com ele.
"Até gostei bebê, mas ainda estou com outro na cabeça, vamos devagar, *please*."

Eu estou dentro de um *shopping*, andando apressada.
Eu continuo tendo esperança de o Reinaldo dar o ar da graça, mas foi mais uma semana num lenga-lenga no WhatsApp, que não dá em nada e eu fico me sentindo trouxa, enganada e enrolada.
Chega mensagem do Leonardo.

[18:05] Leonardo: Você não gostou de ficar comigo, né? Ou estou enganado?

Deu Match!

A mensagem dele me faz esquecer o estresse e me arranca um sorriso. O cara é engraçado.
"Deu vontade, ué!"

[18:10] Mel: Está enganado.
[18:11] Leonardo: Quer tomar um vinho aqui em casa hoje?
[18:11] Mel: Quero!

É tarde da noite e eu estou no sofá da casa do Leonardo, para lá de Bagdá com o tal do vinho.
— Mel?
— Quê?
Leonardo põe a mão por trás do meu pescoço e me beija.
"O beijo dele é muito bom, *by the way*!"
— Vamos pro meu quarto?
"Oi? Assim? Na xinxa?"
Ele começa a tirar a minha blusa.
"Mas como tem mãos hábeis esse cara, pqp."
— Calma, Leo.
— Calma nada.
Em segundos, eu estou nua no meio da sala.
Ele fica de joelhos no chão.
— Como você é linda, deusa!
Eu rio.
Leonardo deita no chão e começa a beijar meus pés. Depois sobe para a batata da perna e vai subindo.
"Jesus!"
Eu me encosto na parede, porque eu não sou de ferro.
Agora ele me vira de costas e continua de joelhos, beijando minha bunda.
"Socorro!"
Ao menos, eu não estou mais pensando no Reinaldo.
Solto um gemido:
— Ai.
— Deusa, maravilhosa, galega!
Não consigo conter o riso.
"É para rir ou para gemer? Ele é engraçado e gostoso ao mesmo tempo!"
Leonardo fica em pé e finalmente tira sua calça e fica só de cueca.
"Ai, minha Nossa Senhora dos 20 centímetros! Será?"
Checo com as mãos enquanto ele me rouba mais um beijo.

Crush nº 3

"Tá, esquece a Nossa Senhora, mas tudo bem!"
— Gostou, Mel?
Eu respondo com um beijo e sigo para o quarto.
Leonardo vem correndo atrás.
— Deusa.
Vai vendo.

Atualizando a Bia sobre a noite com o Leonardo.

[12:12] Bia: P, M ou G? kkk.
[12:13] Mel: O Nº 3 é menor que o 1, mas é bom, viu?
[12:13] Bia: Se servir para vc parar de usar o aplicativo, acho muito bom!
[12:14] Mel: Tomara!
[12:15] Bia: E eu volto a dormir em paz!
[12:16] Mel: Sei que vc não dorme por minha causa.
[12:17] Bia: Seus encontros têm sido uma novela, Mel, não durmo sem saber do último capítulo.
[12:18] Mel: Que venha o final feliz!
[12:20] Bia: Final feliz, só se for GG! Kkk.
[12:21] Mel: kkkkkk.

Eu estou em casa, num novo encontro com o Nº 3 e que já está no décimo sono.
— Ai.
Depois de duas garrafas de vinho, eu estou zonza, com sede e levanto para beber água. De ressaca, me sentindo no deserto do Saara.
Caminho pela sala e pela cozinha.
Vejo um copo d'água pela metade.
"Que bom, não preciso ir até o filtro."
Tomo.
— Ai, meu Deus, o que é isso?
Mexo a boca, a língua.
"Tem alguma coisa na água!"
Mexo a língua, sentindo algo estranho e tentando pegar seja lá o que for.
Sinto lentes de contato na minha boca e cuspo no copo.
— Meu Deus do céu! Quase que eu engulo as lentes do cara. "Santo protetor das lentes de contato."
Tomo água em outro copo e volto a dormir.
No dia seguinte, meiga e gentil que sou, ofereço um colírio para ele limpar a baba!
"Eca."

Deu Match!

O tempo vai passando.
Os encontros com o Nº 3 também.
— Vinho?
— Vinho!
...
— Vinho??
— Vinho!!
...
— Vinho na sua casa ou na minha?
— Na minha!
...
— Hoje na sua casa ou na minha?
— Na sua!
E assim vai.
A gente fica na quinta, na sexta, às vezes no sábado, dia de dar, e domingo.
De vinho em vinho e daquele jeito, as idas e vindas ao vizinho ficaram constantes e eu já estou me apegando.
Finalmente adeus ao Nº 1!
O aquariano é divertido, gosto de ficar com ele. Não é só sexo. Pelo menos não para mim. Mas eu sei que eu não sou a única a frequentar seu apartamento.
"Por que homem sempre pensa que mulher não percebe as coisas? Mulher saca tudo, mas vai vendo se as coisas mudam."
E eu já estou observando há um tempo. Mas já estou de saco cheio.

[13:15] Mel: Eu estou ficando só com ele, Bia. Até saí do aplicativo.
[13:16] Bia: Mas ele sabe disso?
[13:17] Mel: Sabe.
[13:17] Bia: Foda.
[13:18] Mel: Nossos interesses e atitudes são bem diferentes.
[13:19] Bia: Volta para o Reinaldo! Kkk
[13:20] Mel: Reinaldo até pode ser G, mas prefiro alguém disponível!

Cansei!

A primeira DR com o Nº 3.
Eu e o Leonardo passamos a última sexta e sábado juntos. Tudo bem gostosinho, daquele jeito. Naturalmente, penso eu que estamos na reciprocidade. Mas.

Crush nº 3

[21:00] Mel: Amor, vem aqui em casa?
[21:12] Leonardo: Eu vou comer pizza com meu filho, galega.

"Oi? É isso mesmo, produção? Filho?"
Depois te ter inserido mais uma mocinha no Instagram, que está no Insta do Nº 1?
Gente, não é difícil saber quando a pessoa inserida é do aplicativo ou não. Basta ver se a mesma pessoa está inserida no Insta dos outros *crushes*. Vira tudo um ovo.
Eu não falo nada.
No dia seguinte de manhã, simplesmente volto ao aplicativo, atualizo as fotos e a descrição do meu perfil.
— Não me chama mais! Partiu próximo *Crush*!
"Raiva. Mais um!"
Eu curto o Leonardo, mas é o uó do borogodó ficar sendo intercalada por outras.
"Que se foda! Vou continuar minha busca!"
Na verdade, nem precisa *stalkear* alguém para saber se vale a pena. Se a pessoa vê a outra com prioridade, pode inserir várias pessoas, que não faz diferença. E vice versa. Quem quer e gosta se faz presente e ponto final.
E é isso:
"Vou voltar, homarada!"

Depois das minhas atualizações no *app*, à tarde, o Leonardo me manda textão pela primeira vez.
"Oi? Como assim?"

[17:15] Leonardo: Oi Mel, tudo bem? Fui desativar minha conta hoje no aplicativo e vi que você voltou a usar, né? Colocou até as fotos que você tirou aqui em casa. Eu gosto de você, minha Deusa. Não faz isso comigo, não.

"Como? Entrou no aplicativo hoje, justo hoje e apenas para desativar a conta? Mas que coincidência, não?"
Não que eu acredite no papinho furado, mas gosto que ele se importe.
Me quer? Faça mais por merecer! Senão a fila anda!
Adiciono mais fotos provocantes no aplicativo!
Vai vendo.

[21:21] Leonardo: Mel, vem em casa para a gente conversar? Por favor, gata!

— Vou ou não vou?
"Porcaria!"
— Vou!

Deu Match!

Na mesma noite, na casa dele, na sala.
A frase vem em sussurro, no meu ouvido, enquanto as mãos descem pelo meu corpo.
— Você quer namorar comigo, Mel?
"Ai, meu Deus. E agora?"
As mãos sobem, descem, param na cintura, sobem de novo.
"Assim eu não consigo pensar."
Ele puxa meu cabelo para trás e me beija.
— Você quer namorar comigo, Mel?
O vinho e a pegada fazem minha cabeça rodar.
"Logo o vizinho, que já aceitou a minha situação pouco peculiar com meu paizinho e seu rebanho."
Anitta cantando e a vodca com Coca já me deixou a mil.
Eu estou sentada no colo dele, beijando, abraçando, daquele jeito, ninguém pensa muito bem numa situação dessas. Eu estou tonta.
"Eu falo qualquer coisa, o que você quiser, mas não para, beija mesmo, pega mais, morde, vai, isso, puxa."
— Quero.
"Mel do céu, o que você está fazendo? Você sabe que ele está fazendo isso, só porque você voltou para o aplicativo, não é de verdade."
Não deu para fazer mais nada, porque depois disso a conversa foi para o quarto.
— Ai, ai.
Leonardo tira minha calça e dá mordidas e chupadas na minha bunda.
— Delícia, deusa da minha vida.
Eu viro e encaro seus olhos, mordendo o lábio inferior, cheia de água na boca.
Ele fica de joelhos e sobe beijando minhas coxas.
— Ai.
— Geme, isso..., geme, Mel.
Ele aperta a minha bunda. Olhando em meus olhos, depois morde a minha calcinha.
— Vai tirar com a boca?
Ele sorri.
— Vou!
"Safado!"
Ele morde a lateral da calcinha e vai descendo devagar.
— Ai, Leo.
— Adoro fazer você gemer.
Ele aperta meus seios e minha cintura.
— Geme, Mel.
Eu me arrepio inteira e sinto o suor entre as pernas.
— Ah...

Crush nº 3

Ele me olha com aquela cara de safado e sorri.
"Fodeu! Aceitei o pedido de namoro!"

Na manhã seguinte, já toda arrependida.

[10:30] Mel: Estou preocupada sobre aquela conversa de namoro que tivemos ontem. Eu não acho que a gente deva namorar ainda, vamos deixar como está e a gente vê o que acontece.

Desaceito o pedido!
"Eu não acredito que seja para valer, está na cara, tem outras: no plural! Eu estou muito confusa com o Leonardo. Além da infinidade de tentações do aplicativo que não param de chegar. O capeta não apenas está solto no tal do *app*, mas fazendo a bagunça toda..."

[10:32] Leonardo: Galega linda, a única coisa que eu não quero é deixar de ficar com você.

A triste verdade é que eu gosto do Leonardo, mas não tenho confiança nenhuma nele. Zero!
Continuamos ficando. E eu nem babei mais nas lentes de contato.
Fico observando, porém, conhecendo outros *crushes*.
E segundo a Bia: ele é menos de 20!
Eu até acredito que o Leonardo gosta de mim, mas bem menos do que eu gostaria.
Sou libriana, tá? Tem que ser intenso para eu acreditar.

Crush nº 4

Gil

Nome	Gil
Idade	40
Signo	Sagitário ↗
Profissão	Advogado
1º Encontro	Bar Morumbi
O que eu mais gostei?	A diversão
O que eu não gostei?	O Gênero!
Bom de 0 a 10	5
Galinha de 0 a 10	5
Bonito de 0 a 10	10
Peculiaridades	Um ser de outro planeta
P, M ou G	M

Deu match!

Perfil: *uma surpresa e tanto!*

Mais uma vez em casa, no sofá, recorro ao aplicativo. Não suporto a raiva de saber que o Leonardo me deixou de lado para sair com outra.
"Cachorro."
— Pizza? Sei...
Vai vendo.
— Vai ter chifre hoje sim!
Partiu novo *crush*!
Este *crush* acontece depois do fora do Leonardo para a suposta pizza com o filho.
— Era só me apresentar a criança.
"Tonto!"
As nossas intenções e vontades não batem. Só bate a minha vontade de bater nele!
Um morenaço alto e forte dando sopa no aplicativo.
Deu *match*!
#Partiu chifre! #Pronto, falei!

[19:54] Gilson: vou chegar quinze minutos atrasado, porque esqueci que lavei roupa e ainda tenho de pendurar no varal.

Hum.

[19:56] Mel: Ok, 15 minutos.
[20:01] Gilson: Acabei de me arrumar.

"Se arrumar? Não era a tal roupa no varal?"

Crush nº 4

[20:02] Mel: Ok.

Começo estranho.
"Gilson, 40 anos, sagitariano, advogado, como será esta figura?"
Já, já eu descubro.

Eu chego no barzinho, perto da minha casa, antes dele e fico numa mesa do lado de fora esperando.
Sim: o mesmo bar!

[20:30] Bia: E aí, tudo certo hoje?
[20:31] Mel: Ele ainda não chegou. Já, já te mando msg.
[20:32] Bia: Pelo amor, mande mesmo, senão eu não durmo.
[20:32] Mel: Kkk sim, senhora, Doutora.

Entra uma mulher enorme no bar.
"Minha nossa, eu que jurava ser a mulher mais bonita no bar, entra essa perua linda, altíssima, com um sapato que deve custar dez vezes o que eu ganho. Perua..., ai que inveja, pelo amor de Deus."
Eu continuo mexendo no celular.
"Vamos dar uma olhada no Instagram do Nº 3, safado."
A grandona senta na mesa da frente, de costas para mim. Que bom, assim meu *crush* não fica olhando para ela.
Sacanagem uma mulher linda assim.
"Gilson, Gilson, Gilson, cadê você?"
É melhor eu mandar uma mensagem para ele.

[20:37] Mel: Gilson, kd vc?

O celular da mulher apita.
"Ela não sabe deixar no silencioso?"
Ela olha e digita.
Cadê a porra do Gilson? Atraso logo no primeiro encontro?
Deixa ver no celular.
[20:38] Gilson: Já cheguei, Mel.
[20:38] Mel: Onde?

O celular dessa mulher apita de novo, mas que saco.
"Põe no silencioso, ô sem noção."
— Cadê o Gilson?

Deu Match!

[20:39] Mel: Estou de roupa preta, na parte de fora do bar, perto das geladeiras.

O celular da grandona apitando.
Ela digita.
"Que saco, não sou obrigada a acompanhar a conversa dela."

[20:40] Gilson: Estou aqui, no mesmo lugar que vc.

"Como assim?"

[20:40] Mel: Fica em pé!

O celular da grandona apitando outra vez, pracaba.
Ai, Jesus, ela ficou em pé!
"Não..., como assim?"

[20:41] Gilson: Fica em pé tb, Mel.

Me levanto e ela olha para trás.
"A grandona é o meu *crush*? Mas como assim?"
Eu vou e sento na mesa dela, com cara de uó.
— Eu sou a Gil – ela se apresenta.
— Oi?
— Eu sou a Gil, Gilson só no documento.
"É uma traveca linda, mara, querendo sair comigo?"
— Mas como assim, Gil, Gilson? Por que você está num aplicativo com foto de homem e vem para o encontro como mulher?
— Ué, eu queria te conhecer, você é linda.
— Você quer ficar comigo, é isso?
— Talvez.
Ela se apresenta como Gil e jura que seremos melhores amigas!
— Eu não entrei no aplicativo para encontrar uma amiga, sabe, senhorita Gil.
— Ai, Mel, *open mind*, amiga...
Explicação mal dada e eu quero ir embora, mas ela quer ficar.
"Doida? Você é parente ou a vizinha do Nº 2, cara, só pode."
O garçom se aproxima, olha para mim e eu ainda não sei o que fazer.
— As senhoritas querem fazer o pedido?
— Sim! – Gil responde.
— Não!— eu respondo ao mesmo tempo.
— Sim ou não? — o garçom pergunta.
— Não!— eu respondo.
— Sim! – Gil responde ao mesmo tempo.
Ele fica olhando para minha cara, batendo o pé no chão e os dedos com a caneta e bloquinho na mão.

38

Crush nº 4

— Tá, tá, vamos pedir – eu respondo.

Gil pede duas caipirinhas.

"Isso vai ser esquisito! Ok, não tenho nada para fazer mesmo. Domingo à noite, levando um chifre do Leonardo. O que poderia ser pior?"

É, talvez eu tenha perguntado cedo demais.

Ela fica me olhando como se estivesse me paquerando, pisca e joga os cabelos para o lado.

— Você é linda, Mel, cadê aquele sorriso das fotos?

— Gil, na boa, não tem nada a ver, você marcar encontro comigo como Gilson e aparecer aqui como mulher.

— Se quiser eu vou no banheiro e me troco, quer?

— Não é isso, se você é travesti, mulher, por que marcou encontro comigo? Eu gosto de homem, está lá no aplicativo: Interesse Homens!

O garçom chega com as caipirinhas.

"Isso, bora beber. Pre-ci-san-do. Isso é coisa de cupido LGBT?"

Bebo.

— Ah, deliciosa.

Vamos atualizar a Bia, sobre o *status* da vez, para ela dormir:

[21:31] Mel: O cara é travesti!

[21:32] Bia: Oi? Como assim?

[21:32] Mel: Pior que é verdade, mas estamos conversando de boa.

[21:32] Bia: Não acredito.

[21:33] Mel: Eu tb não, mas depois te conto, bjs, vai dormir.

Voltando ao mundo real da noite de hoje.

— Então, Gil, você é amiga do Roberto?

— Que Roberto?

— Um que faz suruba com a família.

— Sério? Ele come quem, a mãe?

Eu abro o celular no Instagram e mostro a foto para ela.

— A mãe, eu não tenho certeza, mas o pai participa das surubas com ele.

— Sério, Mel?

— Seríssimo, Gil!

A conversa vai longe.

Goles e goles de caipirinha.

— Então você e evangélica, Mel? O que é que você está fazendo no aplicativo, irmã?

— Estou afastada, Gil.

— Irmã do céu, o que o seu pai vai pensar de você passando o rodo nos *crushes* da zona sul?

— Não é bem assim também, né Gil?

"Oremos."

— Sei.

— Gil, eu tenho uma planilha dos *crushes*!

— Não?

Deu Match!

Eu rio!

— Sim!

— Eu quero ver essa planilha! O que você anotou lá? O tamanho?

— Também.

— Eu sou M, Mel, anota lá!

— M, Gil?

— M!

Risos.

— O que tem na planilha?

— Nome, idade, signo, profissão, onde foi o encontro e as notas!

— Notas, Mel?

— Claro, Gil!

Mais duas caipirinhas e o papo sobre meus *crushes* e os dela.

— E então você só veio me conhecer, por causa desse tal de Leonardo? Que desaforo.

— Desaforo é você ser travesti e marcar encontro comigo.

— Você não me achou bonita?

"Pior é que ela é um arraso, deslumbrante. Só dá para se ligar que é homem, pelo tamanho. Muito alta."

Todos os homens que entram no bar dão uma boa olhada para ela. E eu fico para trás.

— Linda, Gil. Linda.

— Quer ficar comigo?

— Não, porra, já falei que não.

Ela ri descaradamente.

— Imagina o seu pai me vendo com você.

— Ele tem um treco, Gil.

— Sinto muito pelo preconceito dele.

— Eu também.

Silêncio.

— Me fala mais do seu vizinho Leonardo, Mel.

— Ai, Gil, ele tem uma pegada daquelas, esse é o problema.

— Sei bem como é uma boa pegada.

O garçom vem de novo.

"Ai, socorro, ela pediu mais duas caipirinhas, como é que eu vou embora daqui hoje? Maldita pizza do Leonardo."

— Você gosta de pau grande, médio ou pequeno, Mel?

— Médio.

— E grande, não?

— É, às vezes.

— Como assim, às vezes?

Conto do Reinaldo, já mostrando uma foto dele para a Gil.

— Ui, esse Reinaldo é lindo, hein? Pqp, Mel!

Risos.

O garçom nos vigiando, perto da mesa.

Crush n° 4

O tempo passa e o nível de consciência também.

— Mel, o que você gosta que o Leonardo faça com você na cama?

— Tudo né, Gil, tudo.

— Mas o que você gosta mais?

— Vem cá que eu te falo no ouvido.

Eu cochicho no ouvido dela e ela dá uns gritos nada discretos.

— Ui, danadinha.

Eu me sinto muito zonza.

Alguns *flashes* ficam para contar o resto da noite.

Gil me maquiando na mesa do bar.

Gil mostrando o tamanho do vibrador que ela leva na bolsa e faz questão de apontar para o garçom.

Ele olha constrangido.

— Tudo isso, caralho? Como é que você aguenta?

— Gil, eu quero te contar uma coisa.

— Conta, Mel!

— Eu tinha um vibrador roxo em casa, mas depois que o Leonardo começou a frequentar meu apartamento, o vibrador sumiu!

— Mas você acha que foi ele que pegou?

— Ou foi ele ou foi a diarista!

— Quantos anos tem a diarista?

— Uns 55, eu acho, por aí.

— Hum, acho que foi o Leonardo, amiga.

Eu já estou falando tudo enrolado.

— Como é que eu descubro?

— Ele não mora no térreo?

— Mora.

— Então, vai na casa dele e procura, uma hora que ele estiver no banho, dormindo, sei lá.

— Boa, Gil!

— Veadinho esse Leo.

— Ai, amiga, será?

— Ciúmes do consolo é que não é, né Mel? Porra.

— Merda.

Gil passa o vibrador nas coxas, na bunda e encara o pobre do garçom.

O dono do bar vem até a mesa e interfere.

— Senhoritas, aqui está a conta, eu peço que se retirem, por favor.

— Mas como assim, o senhor está nos expulsando? O que o senhor tem contra travestis? – a Gil protesta.

Eu olho para ele e me manifesto.

— Eu sou quase sócia daqui, meu caro. Trago um *crush* por semana no seu bar e o senhor me manda embora?

Ele põe a mão na cintura e me olha com cara de indignação.

— Volte quando estiver melhor, então, outro dia.

41

Deu Match!

Eu insisto.
"Ele até é educado, mas que preconceito é esse?"
— O seu bar deveria me patrocinar, sabia?
Gil ri e guarda a maquiagem e o vibrador na bolsa.
O dono do bar me encara e fala comigo novamente.
— Você também é travesti?
— E se for? Vai me expulsar também?
— Não é exatamente esse o problema, senhorita.
— Deixa a gente ficar então?
— Saiam as duas, já, por favor, antes que eu chame os seguranças.
Vai vendo o tamanho da gafe.

Eu saio do bar pendurada nos braços da Gil e sento na sarjeta.
— Eu estou passando mal, Gil!
Sento e coloco a mão no estômago.
Não consigo segurar.
Vômito. Tontura. Vômito. Ânsia. Zonza...
— Gil, como é que eu vou embora daqui?
— Chama um Uber.
— E meu carro? Não vou deixar aqui.
— Chama alguém – ela sugere.
— Peraí.
"Será que eu ligo para o Leonardo? Lógico que não, né? Ele está com outra essa hora... Tomara que tenha mau hálito e gases. Ou ele está divertindo a bunda fofa com o meu vibrador roxo, fdp."
— Não dá para ligar para o Leonardo, Gil.
— Lógico que não, né, Mel.
— Para quem eu ligo? Para quem eu ligo?
Estou tonta, tudo girando.
— Você não tem um irmão, filho, Mel?
— Tem meu filho, mas ele mora um pouco longe.
— Não me diga que ele é evangélico também, Mel?
— Não, não é muito não.
— Não é muito, não?
Ela me encara e respira fundo.
— Então liga para ele.
— Vou tentar.

[00:10] Mel: Christian, vem me buscar, por favor?
[00:11] Christian: Mãe, onde vc tá? Pq?

Crush n° 4

[00:12] Mel: Eu bebi um pouco. Vem de Uber, tem que pegar o carro.
[00:12] Christian: Mãe, eu estava dormindo.
[00:13] Mel: É aquele bar perto de casa.
[00:13] Mel: Por favor.
[00:14] Christian: Estou indo.

— Ele vem, Mel?
— Ficou bravo, mas vem.
"Ai, minha cabeça!"
— Bravo? Ah, depois passa, Mel, nem ligue.
— Você não vai dar em cima do meu filho, sua biscate.
— Por que, ele é bonito?
— Puta que pariu, Gil, vai embora, ele vai ficar bravo de me ver com você.
— Por quê? Ele é homofóbico?
— Não, mas o que você quer que ele pense? A mãe dele bêbada, na sarjeta com uma travesti.
Pracaba, né?
Ânsia outra vez.
Eu vomito mais um pouco.
— Ele mora com você?
— Não, mas é mais ou menos perto.
— Vou esperar ele com você.
— Ele é muito novo para você, viu?
— Quantos anos ele tem?
— 20!
— Hum, quem disse que é novo?
— Pode parar, Gil!
Gil começa a mexer na bolsa.
"Ótimo, pelo menos para de encher meu saco!"
Ela tira da bolsa uns apetrechos para enrolar cigarro de maconha.
— Não, você tá louca? Pode parar com isso.
Ela não para, ajeita o cigarro e fica fumando e rindo do meu lado, tentando passar a mão nos meus peitos.
— Para, Gil! Apaga isso!
Ela ri e sopra a fumaça na minha cara.
— Pare de jogar fumaça em mim. Meu filho vai achar que eu fumei.
— Hum, recatada, certinha, santinha do pau oco, está fazendo o que no aplicativo? Arrebanhando ovelhas?
A fumaça faz efeito em mim e eu começo a rir também.
— Se o fdp do Leonardo roubou meu vibrador para ele, vai ter que comprar um novo para mim. Eu não vou usar de segunda mão.
— Imagina o Leonardo agora com seu vibrador, Mel.
"Ai!"
— Não quero imaginar!

Deu Match!

Gil ri, simulando uma punheta com o vibrador dela na mão.

Percebo um movimento ao nosso redor.

Meu filho chega e me vê bêbada, supostamente "amaconhada" na sarjeta com uma travesti com um vibrador na mão e cheia de vômito ao meu lado.

— Mãe, o que é isso?

— Eu não tive culpa.

Ele fica me olhando, com as mãos na cintura, boca cerrada.

— Oi lindão, eu sou a Gil.

A tranqueira levanta, pega na perna dele e dá um beijinho.

"Mas que vaca."

Meu filho olha para todos os lados e fica me encarando.

— Mãeee.

— Eu não tive culpa, essa tonta marcou comigo pelo aplicativo aqui, com foto de homem. Eu não sabia que era um travesti.

Meu filho respira fundo. Me encara sério e bravo.

— Mas não é só isso, mãe, você está bêbada, na sarjeta, com uma poça de vômito ao seu lado, suja, olha sua roupa, você fumou maconha?

Gil dá risada alta e continua tentando passar a mão na perna do meu filho. Ele desvia.

— Eu não fumei nada, a Gil que fumou.

— A sua mãe levou um chifre, por isso que ela bebeu.

Meu filho faz sinal de negação com a cabeça.

— Cala a boca, Gil.

— E o vibrador dela foi roubado.

— Vibrador, mãe?

— Gil!

— Mas é isso mesmo, o que é que tem afogar as mágoas, Mel?

— Cadê seu carro, mãe?

— Ai meu Deus, não sei.

— Mãe, já pensou se o seu pai vê você assim? Meu avô?

— Ah, mas ele não vai ver.

— Mas e se visse?

— Você vai contar, Christian?

— Não, né.

Ele bufa e fica me encarando.

"Que que eu fiz, poxa?"

— Fica aqui, mãe, me dá a chave do carro. Eu vou procurar. Já volto. Não sai daí.

"Como se eu tivesse condições de ir para algum lugar."

— Eu quero ir com você – Gil levanta indo atrás dele.

— Claro que não, cuida da minha mãe aí, louca.

Eu rio.

— Tomou? Tomou?

Gil dá de ombros e senta do meu lado outra vez.

Meu filho olha para trás, me encarando e, em seguida, continua andando.

44

Crush nº 4

— Que tomou o quê? Puta gato gostoso que é seu filho. Se soubesse, tinha marcado com ele.
— Filha da puta, pare de dar em cima de meu filho.
— Não vou parar.
— Vai parar sim.
— Não vou.
— Eu vou arrancar sua peruca.
— Quem disse que é peruca?
Eu rio.
Eu tento puxar o cabelo da Gil, ela desvia e eu quase caio para trás.
Nós rimos e fica uma tentando puxar o cabelo da outra.
Meu filho encosta com o carro e eu estou me pegando pelos cabelos com a Gil, na sarjeta.
— Mãe, pelo amor de Deus, você não consegue piorar ainda mais a situação?
"Ai, meu Deus, não. Socorro!"
Meu filho fica me chamando a atenção e me coloca dentro do carro.
— Vai, mãe, entra! Cuidado!
Eu vou me segurando em tudo que é possível para não cair e tento não virar a cabeça para vomitar ainda mais.
"Vamos para casa, finalmente. Por que demorou tanto para vir me salvar?"
A Gil entra no carro, de supetão.
"Você nem foi convidada, traveca do caramba."
— Me dá uma carona, Christian?
Ele olha para mim e depois para ela.
— Como assim, Gil?
— Sua mãe não mora na frente da estação? Me deixa lá.
— Tá, ele responde e sai com o carro.
O balanço do carro vai me deixando tonta, tonta.., tonta..., tonta....
Eu apago no banco.
Depois tenho uns *flashes*, que não tenho certeza se são sonhos ou não, do meu filho e do porteiro me levando carregada até meu quarto, quando eu me esparramo na cama e começo a me despir, reclamando do atendimento com os *crushes*.
"Pracaba."
— Sai, sai, sai – o som da voz do meu filho para o porteiro.
Bela imagem para deixar registrada nas atas do condomínio.
"Reunião na Assembleia geral: Caros condôminos, votação para expulsar a moradora do Nº 6. Meu filho e o porteiro assinam como testemunhas, a favor."
Apago!

No dia seguinte, além da dor de cabeça e da ressaca, a Gil não para de me atormentar no WhatsApp.

Deu Match!

"Bom, ela foi legal, apesar de marcar o encontro como homem. Vou responder."
Foda de sair com a Gil é perder todas as chances de ser olhada. A vaca é fodida de linda, pqp.
Atualizo o nome dela no telefone.

[12:35] Traveca: Mel, você não vai ficar com o Leonardo, vai?
[12:36] Mel: Não sei ainda.
[12:37] Traveca: Vc tem que dar chance pra outros caras, amiga.

"Amiga? Hum."

[12:38] Mel: Gil, estou com dor de cabeça, outra hora a gente se fala.
[12:41] Traveca: Vamos sair?
[12:42] Mel: Vc quer sair comigo, só pra dar em cima do meu filho. Não vai adiantar, ele nem mora mais comigo.
[12:43] Traveca: Vamos sair, foi super divertido amiga.

Conversa vai, conversa que vem, ok, até que ela é legal.
Por que não?
"Porque ela vai roubar todos os seus *crushes*, Mel!"
É, isso vai.

[12:47] Traveca: Mel, quando você vai procurar seu vibrador na casa do Leonardo veadinho?
[12:48] Mel: Gil, eu nem sei se é ele, e se for a diarista?
[12:48] Traveca: Está mais a cara do Leonardo, viu, amiga, você que não quer enxergar que ele gosta de queimar a rosquinha.
[12:48] Mel: Ai, Gil.
12:49] Mel: Vamos amanhã, você me ajuda?
[12:49] Traveca: Demorou, amanhã tô aí, gata!

Atualizo a Bia das novidades e libero ela da loucura toda.
[12:50] Bia: Então vc vai me trocar pela Traveca?
[12:51] Mel: Não é uma troca, mas uma substituição estratégica kkk.
[12:52] Bia: Ok, pelo menos eu posso dormir sossegada.
[12:52] Mel: Obrigada, amiga!
[12:53] Bia: Indignada!

Vai vendo.

A primeira busca pelo vibrador

Na noite seguinte, em casa, na sala, eu e a Gil planejamos o resgate do meu vibrador na casa do Leo.
"Saudades dele, ué, meu consolo de cada dia, nossa relação era ótima! Ele nunca mentiu para mim e jamais me traiu. "
— Seu pai sabe que você tem um vibrador, Mel?
— Esquece meu pai, Gil, sou maior de idade.
Ela ri.
— Gil, vamos fazer assim: você chama o Leonardo para fora, diz que bateu no carro dele na garagem e enquanto isso eu entro na sala pela janela.
— Mel, eu não tenho carro.
Fico pensativa.
— Hum.
— Então dá em cima dele, faz ele sair do apartamento com você.
— Mas como eu faço para ele sair comigo para fora, Mel?
— Vamos pensar, Gil!
— Pensa, Mel!
— Vamos fazer o seguinte, vamos lá agora, para estudar o terreno. Quem sabe a gente tem alguma ideia.
— Boa, Mel. Vamos!
Vai vendo a doideira.

Subimos a rua do condomínio em direção ao prédio do Leo. Passo pelo porteiro e entro, já que vira e mexe eu estou aqui, essa parte foi fácil. A Gil entra comigo.
Fingimos pegar o elevador e vamos para a área externa e de lazer, para espionar pela janela do Leonardo.
Nos aproximamos do apartamento do Nº 3.
— Abaixa Gil! – falo baixinho.
— Calma, Mel.
Seguimos abaixadas e encostadas na parede.
Gil levanta a cabeça e abaixa correndo. Ela tapa a boca e depois fala, cochichando:

Deu Match!

— Ele está ali no sofá, e tem outro cara junto.

"Socorro!"

— Ai, meu Deus, ele não vai usar o meu vibrador no cara, vai?

— Silêncio, Mel, vamos ouvir!

Som de música baixa e dos dois homens conversando.

Eu e a Gil ficamos com a orelha para cima, tentando ouvir a conversa.

— Então, Leonardo, conta aí dessa mulher que você está pegando, cara.

— É a Mel, minha vizinha, linda, toda delícia, mas é meio doida, cara.

"Que ódio."

Eu solto:

— Doida, como assim doida, peste?

— Cala a boca, Mel! Quieta.

A Gil tapa a minha boca e eu com vontade de pular dentro da sala, para tirar satisfação.

— Chiu, Mel, fica quieta.

Eu me acalmo e faço sinal de ok para Gil. Ela destapa minha boca e continuamos a ouvir.

— Tem cerveja, Leonardo?

— Tem, espera aí, vou pegar.

Barulho de gente andando e em seguida de latinhas sendo abertas.

Eles continuam conversando:

— Toma, cara.

— Valeu, Leo.

Silêncio por alguns segundos.

— Então, conta aí, por que essa Mel é doida?

— Ela me bate, cara.

Risos.

— Como assim uma mulher bate em você, Leonardo?

Gil cochicha para mim.

— Você bateu nele, Mel?

— Ele mereceu, Gil.

— Chiu, quieta agora.

Ela faz sinal de negação com a cabeça.

Os dois voltam a se falar:

— A última vez que eu fiquei com ela, ela deu um tapa na minha cara, encanou com uma guria que eu adicionei no Instagram.

— E a guria do Instagram?

— Ah, eu peguei também, mas isso não é motivo para me bater.

Risos.

"FDP!"

— E você acredita que o pai dela é pastor, cara?

— Tá pegando a irmã, então, Leonardo?

— Puta irmã gostosa, cara.

Eles riem.

A primeira busca pelo vibrador

— Não vale nada, Gil.
— Calma, Mel.
Silêncio novamente.
— Que silêncio é esse, Gil, onde eles estão?
— Será que foram para o quarto?
— Veado.
A Gil levanta a cabeça e olha dentro da sala.
— Mel, eu acho que eles foram para o quarto.
Meu coração para!
"Não acredito! Ele é veado mesmo!"
— Vamos dar a volta e ouvir o que eles foram fazer lá.
Nós vamos engatinhando até a outra janela, que está aberta, mas com a cortina fechada.
Silêncio.
Gil tenta espiar.
— O que eles estão fazendo, Gil?
— Cala a boca, Mel, vamos esperar.
Maior silêncio e nada.
E eu pensando: "Veado, veado, veado."
— Espia, Gil.
Ela não responde.
— Vai, Gil, abre a cortina no cantinho e olha!
— Mel, mas e se ele me ver?
— Aí você dá em cima deles.
— Tem certeza, Mel?
— Vai, Gil!
— Tá bom!
A Gil levanta e abre a cortina pelo canto, discretamente, e logo se abaixa rapidamente.
— Você não vai acreditar, Mel, eles estão com fone de ouvido, vendo um filme.
— Eu não acredito, Gil, um do ladinho do outro?
— Verdade, Mel.
Bufo.
— O Leonardo é *gay*, ele tem um caso com esse cara?
— Parece.
— Vamos entrar na sala então, procurar meu vibrador.
A gente volta engatinhando até a outra janela.
Ficamos em pé, olhando para dentro.
— Vai Gil, entra você!
— Por que eu?
— Porque você é mais alta, vai pular a janela mais fácil.
A Gil me olha com cara de uó.
Ela se prepara para pular.
— Não faz barulho, Gil.

49

Deu Match!

Ela entra.

A Gil está do lado de dentro da sala.

— Onde eu procuro?

— Abre as gavetas, Gil!

— Mas é muita gaveta, Mel!

— Abre, Gil, vai olhando!

A Gil abre duas gavetas ao mesmo tempo e remexe os objetos, tentando achar alguma coisa roxa.

— Está vendo alguma coisa daí, Mel?

— Não, Gil. E Você?

— Nada.

De repente ela bate num vaso, que cai e quebra no chão.

"Ai, minha nossa senhora dos 20!"

— Corre, Gil, pula vai.

Ela fecha as gavetas e pula, toda destrambelhada, fazendo um barulhão de escola de samba.

— Corre Gil.

— Para onde a gente vai?

Eu olho para todos os lados, pensando numa saída.

Corro.

— Pula na piscina, pula na piscina.

— Você está louca, Mel?

— Pula, Gil!

A Gil e eu pulamos na piscina.

"Pqp, que frio!"

Ficamos abaixadas.

"Frio, frio, frio."

A gente reclama, cochichando:

— Pqp, que frio.

De longe, a gente escuta:

— O que foi isso, cara? Tem alguém aí?

— Nada, cara.

— Tem gato por aqui, Leonardo?

— Tem, deve ser isso. Ou o vento.

Leonardo fecha a janela.

— Ferrou, Gil, ele fechou a janela.

— Veadinho.

"Eu estou tremendo de frio!"

— Vamos embora, tomar banho, Gil!

— É o jeito!

Suspiros. Vamos saindo da piscina, com todo aquele peso de roupa e sapato molhados.

— Nada do meu vibrador, Gil, não viu nada roxo nas gavetas?

50

A primeira busca pelo vibrador

— Nada Mel, só um monte de CDs, garrafas de vinho, cabos e tranqueiras.
— Depois a gente vem de novo, Gil.
— De novo, Mel?
— De novo, Gil!
A gente sai andando, lentamente e encharcadas.
— Na próxima vez você pula a janela, Mel.
— Tá bom, Gil, mas você vem junto.
A Gil espirra água da sua roupa no meu rosto.
— Vaca!
— Irmã! Custa comprar um vibrador novo?
Risos.
— Eu quero descobrir se foi ele que roubou e por quê.
De repente, o Leonardo abre a janela, de novo:
— Acho que tem gente na piscina, cara, eu vou lá fora ver.
— Eu vou com você, Leonardo.
"Jesus, Maria, José."
— Corre, Gil, antes que eles deem a volta!
— Mas por onde nós vamos sair molhadas desse jeito?
— Vem, Gil!
A gente passa correndo pelo porteiro, que está com fone de ouvido, vendo alguma coisa no celular.
"Graças a Deus, nem viu."
— Corre, Gil, corre!
Ela ri.
"Frio do caralho!"
Do lado de fora do prédio, a gente segue caminhando, como se nada tivesse acontecido, absolutamente ensopadas e na pose! Com frio.
Eu e a Gil rindo, com os sapatos nas mãos, descendo ladeira abaixo, em direção ao meu prédio.
Todos os seguranças da portaria olhando. Um deles me para:
— Dona Mel, está tudo bem?
— Claro, não pode mais nadar à noite aqui no condomínio?
— Até às 22 horas pode, depois da meia noite não.
— Sério que já é mais de meia noite?
— E também não pode entrar de roupa na piscina, dona Mel.
— Ah, me desculpe, na próxima eu vou trazer um biquíni, desculpe.
Suspiro.
"Frio, cansaço, tem como ficar pior tudo isso?"
Eu saio andando com a Gil, mas ele continua.
— Dona Mel.
— Sim, senhor.
— Também não pode nadar no prédio dos outros, só no da senhora.
— Sério?

Deu Match!

— Seríssimo, dona Mel.
— Ok, senhor, obrigada.
Mas ele continua.
— Dona Mel.
"Ai, Jesus!"
Eu olho para trás, irritada, tentando manter a pose, daquele jeito. Mas está difícil.
— Lembrando que visitantes também não podem entrar na piscina, dona Mel.
— Poxa vida, quanta dificuldade, não? Obrigada!
Eu abaixo a cabeça e desço a rua com o braço dado com a Gil. Sapatos nas mãos, risos contidos e um frio do cão.
— Mel transgressora.
— Olha a mocinha de nascença falando, né, Gil?
Ela dá uma gargalhada daquelas e sai correndo.
Eu faço o mesmo e corro atrás dela com os sapatos na mão.
"Que se foda!"

Na manhã seguinte, no sofá, a rotineira troca de mensagens com a Gil.
"E a Bia finalmente pode trabalhar e viver em paz!"

[10:35] Mel: Ah, Gil, acho que vou sair com outro, quero dar um tempo do veadinho do Leo.
[10:35] Traveca: Mel, e se ele roubou seu consolo por ciúmes?
[10:36] Mel: Fala sério, né, Gil?
[10:36] Traveca: Ué, vai que é maior do que o dele?
[10:37] Mel: Isso é mesmo.
[10:37] Traveca: Sai com outro *crush*, depois acha o consolo e tira essa história a limpo.
[10:41] Mel: Te amo, amiga, bj.
[10:42] Traveca: Vaca.
[10:42] Mel: Biscate.

Crush nº 5

Carlos

Nome	Carlos
Idade	41
Signo	Gêmeos ♊
Profissão	Arquiteto
1º Encontro	Bar Morumbi
O que eu mais gostei?	Lindo, voz do caralho e uma pegada da PQP!
O que eu não gostei?	Confuso!
Bom de 0 a 10	10
Galinha de 0 a 10	10
Bonito de 0 a 10	10
Peculiaridades	O preferido, a boca mais macia que já beijei!
P, M ou G	M

Deu match!

Perfil: *1,90m, em busca da felicidade.*

Na manhã seguinte, em casa.
É dia de faxina e eu morrendo de vergonha de perguntar para a diarista sobre o meu vibrador.
"Mas eu preciso saber. Vai que foi ela que pegou?"
— Maria, eu preciso perguntar uma coisa para você.
— Sim, senhora, dona Mel.
— É, eu estou procurando uma coisa que ficava no meu quarto.
Eu fico balançando os braços e olhando para os lados.
— O que é, dona Mel?
Eu gesticulo com as mãos e falo quase gaguejando:
— É um objeto assim, desse tamanho. Roxo.
Ela gesticula também.
— Roxo? Desse tamanho?
"Ai, minha nossa senhora do constrangimento!"
— Acho que não vi, não, dona Mel. O que é que é essa coisa roxa, aí?
Eu explico novamente, gesticulando.
— Um objeto assim, comprido, desse tamanho, de borracha, roxo.
Ela fica olhando para mim, com a mão no queixo.
— O que é essa coisa aí, dona Mel?
Respiro.
— Parece um massageador, é isso, comprido, grande, roxo.
— Roxo, dona Mel? Comprido, grande, massageador? Vi não.
— Tá bom, Maria, se você ver, me avisa. Obrigada.

54

Crush nº 5

Sento no sofá, desacorçoada da vida.
"Queria tanto que estivesse aqui a bendita coisa roxa."
Ok, a vida continua!
Depois de tudo isso, já estou achando melhor reatar com o Leonardo do que correr novos riscos. Já estou ficando traumatizada com os *crushes* fora da casinha.
Sem muito foco, começo a conversar com o *crush* Nº 5 no *app*, mas não dou muita bola.
"Essa dinâmica cansa!"
Novo *crush* na área!

Na mesma noite, em casa com a Bia e a Gil.
Elas conversam, enquanto eu sirvo as taças de champanhe:
— Então você marca encontro com foto de homem e vai de mulher nos encontros, Gil? – a Bia pergunta.
Risos.
— Não, isso eu só fiz com a Mel.
Elas pegam as taças e a Bia faz o brinde:
— Um brinde ao aplicativo, suas biscates!
Brindamos, rimos e bebemos.
Meu telefone vibra.
— Ai, meu Deus, mensagem do Nº 5!
— Nº 5, Mel? – a Gil pergunta.
— Você não ia sair do aplicativo, Mel? – a Bia questiona.
— Mas é que agora eu decidi escrever um livro dessa porra toda.
Elas riem.
— Bom, se não arrumar um namorado, pelo menos tem um livro.
— Se toda essa merda não funcionar, tem um trabalho escrito.
— Vai, vai, vê a mensagem então, Mel – a Bia aponta para meu celular.
— Vamos ver!
Elas me olham atentas. Coloco a mensagem:

[21:55] Áudio do Carlos: Olá, boa noite, tudo bem? Posso falar com você por aqui?

— Oi? Para, para, para, para o mundo que eu quero descer. Para tudo! Que voz é essa? – eu falo.
— Caralho, que vozeirão gostoso – a Bia se abana.
A gente já estava pra lá de Bagdá, quando ouvimos o áudio, delirando com o vozeirão. Respondi com outro áudio, em êxtase, com aquela voz do caralho.
— PQP, que voz é essa? – a Bia pergunta.
— Eu quero dar para o cara só de ouvir a voz dele – a Gil grita.
A gente continua bebendo e rindo até altas horas e vendo a planilha dos *crushes*.

Deu Match!

O Carlos é foda, depois disso, ficou me enviando áudios até o dia seguinte, às quatro da tarde, quando finalmente me convenceu a me encontrar com ele.
Isso que eu já estava certa de que ia reatar com o Leo.
— Fui.
Começo a imaginar um cara baixinho, gordinho e sem graça.
"Ai, meu Deus, que medo. Ele não pode ser bonito com uma voz daquelas, como será que ele é de verdade?"
Embora as fotos mostrem o contrário. Na hora, eu não consigo lembrar bem do perfil.
"É muita gente, não dá para lembrar de todos os detalhes!"
Conversinha básica por WhatsApp com a Gil antes de sair:

[17:23] **Mel: Ai, amiga, estou com medo de conhecer o Carlos.**
[17:24] **Traveca: Calma, gata, não desiste. Paga pra ver.**
[17:25] **Mel: Acho que eu vou sair com ele então.**
[17:25] **Traveca: Eu vou junto.**
[17:26] **Mel: Como assim?**
[17:26] **Traveca: Eu fico numa mesa do lado e se acontecer alguma coisa, eu te ajudo.**
[17:27] **Mel: Vc não vai não. O pior que pode acontecer é vc lá. Vai não!**
[17:28] **Traveca: Credo, Mel, que falta de confiança.**
[17:29] **Mel: Eu te conto tudo depois, prometo.**
[17:30] **Traveca: Compra um consolo novo:** *pink*, **cor da cura!**
[17:31] **Mel: Tchau Gil, bj.**

Sigo para o meu quinto encontro, desconfiada.
Vai vendo.

Chego no barzinho, perto de casa.
"Sim, o mesmo."
Para conhecer o dono daquela voz do capeta.
E pasme:
O cara tem mesmo 1,90m, lindo, com covinhas e supostamente tímido.
"Jesus, que coisa mais linda!"
Eu cumprimento com um beijinho no rosto, já perdendo qualquer compostura.
— Oi, Carlos.
"Voz do caralho!"
Ele me olha fundo nos olhos.

Crush nº 5

"Faz isso não, rapaz!"
Me beija no rosto e toma um gole da caipirinha, que ele já está tomando.
"Esse é encrenca, só pode. Como pode ser tão lindo? Gostoso? Com essa voz?"
Sento, toda mole.
— Você é linda, Mel!
"Ai, Jesus..."
— Lindo é você, Carlos! Que voz é essa?
Ele se encolhe e abaixa o rosto com um sorriso meio escondido.
"Pronto. Fodeu. Ele à procura da felicidade e quem acha sou eu!"
— O que você faz, Carlos?
— Sou arquiteto.
"Mais um? Será que é amigo do Nº 1?"
— E você, Mel?
— Escritora?
— Hum, escritora. Vai escrever um livro sobre a gente?
— Quem sabe.
"Já estou escrevendo, meu bem, só não sei o que vai dar."
Olho para ele e suspiro.
"Vem ni mim, dona Felicidade! Tô bem aqui!"
Eu não tenho mais idade para me encantar só com aparência, já passei dessa fase, mas o Carlos me derruba: a voz, o tamanho, as covinhas, o sorriso e essa suposta timidez.
"Socorro, Deus, me tira daqui e volta para antes do começo do livro, por favor?"
São horas de conversa, caipirinha, mais uma, mais outra, até que eu mudo de cadeira entre um telefonema e outro, que ele não para de receber do trabalho.
"Pqp!"
Me levanto e vou até o outro lado da mesa:
— Estou mudando de lugar, está muito frio aqui deste lado.
— Você está com frio, é? Vem aqui, que eu vou te ajudar.
"Não dá para trabalhar em outro lugar? Foco, cara! Olha a felicidade bem aqui, na sua frente!"
O telefone ficou à míngua.
Carlos toca meu rosto com delicadeza e me beija devagar. Uma língua absurdamente macia.
Ele beija e para, me encara e começa de novo.
"Minha Nossa Senhora da língua macia, que boca é essa?"
Apesar do tamanho, Carlos não usa de força, mas de um ritmo lento e excitante, encarando meus olhos entre um beijo e outro.
Minha respiração acelera. O gosto da caipirinha gelada em sua língua. Arrepio toda.
"Jesus amado."
Beijo, pega aqui, pega ali, beijo, gemido, suspiro, beijo, aperta, ui. E como beija, viu? Daquele jeito.
Depois de muitos beijos e a zonzeira das caipirinhas, entorta pescoço para cá, vira para lá, eu quero ir embora.
— Eu estou muito tonta, Carlos, preciso ir embora.
— Eu vou com você até o carro, Mel, calma.

Deu Match!

Carlos me acompanha até o carro.
"Um *gentleman* ainda por cima."
E eu toda tonta, pegando fogo, ziguezagueando na rua, tentando manter a pose de '*sexy* sem ser vulgar' com o salto alto em riste.
Eu tropeço e o Carlos me segura:
— Calma, delícia.
Carlos me beija lentamente com a boca mais macia que já beijei na vida e eu tiro o sapato.
"Esquece a pose, não tem jeito não."
Olho de novo para os olhos dele e respiro fundo.
"Essa boca está me deixando louca, não sei lidar com isso."
Caminho com os sapatos nas mãos e na ponta do pé.
"Será que eu consigo achar meu carro, pelo menos?"

Já no meu condomínio, para lá de Bagdá.
Eu passo tonta pela portaria e sou abordada pelo porteiro.
— Dona Mel.
Ele tem algo nas mãos.
— Boa noite – eu cumprimento.
— Seu pai deixou sua bíblia aqui para você.
— Sério?
— É, ele disse que você deixou na casa dele e que você gosta de ler.
Ele me encara com um sorriso de canto.
"FDP."
— Obrigada!
— De nada, irmã!
"Merda."

Já em casa, na sala, depois de colocar a bíblia em cima da mesa, ainda tonta, eu estou louca para descansar e pensar um pouco sobre toda a bagunça que está acontecendo.
"Eu não tenho mais disposição para ficar bebendo com os *crushes* como ando fazendo."
Deito no sofá.
"Parece que a bíblia está olhando para mim."
— Esquece, Mel! Vamos pensar na sua vida agora.
Essa vida atrapalha a rotina, gasta tempo, saúde e dinheiro, além da minha sanidade mental.
Tira o foco.
Eu estou em busca de um amor e esse aplicativo me coloca numa maratona.
Minha cabeça gira.

Crush nº 5

O telefone vibra.
"Ai, socorro!"

[22:13] Carlos: Estou perto da sua rua agora.

"Ele quer vir em casa. Tranqueira."

[22:15] Mel: Hoje não. Outro dia.

"Vem não, bebê! Tô passada."
As conversas pelo Zap se estendem até eu apagar no sofá.
E eu babo.
Com classe!
Vai vendo.

Passados alguns dias, insisto com o Nº 5, provoco, trocamos mensagens, áudios, fotos, *nudes*, vibrações, o diabo a quatro e eu paro.
"Só faltou brincar de *Stop*."
Basicamente, parece que o Carlos, Nº 5, é uma nova versão do Nº 3: some!
— Ou nova versão do Nº 1?
Aparentemente o cara está sempre em obras.
"Sei."
Dezesseis obras, para ser mais exata, arquiteto, *workaholic*, sobrecarregado, divorciado e com 3 filhos.
— Ele tem números significativos em sua vida para cuidar – falo comigo mesma, deitada confortavelmente no meu sofá.
E volto aos meus pensamentos.
Ou ele mente muito bem, o que é bem possível, considerando meus estudos práticos.
— Desencana, Mel!
Decido fazer outras coisas e focar no trabalho.
"Esquece o vozeirão do caralho e aquela língua que deve ser o destino para o paraíso!"

Durante uma caminhada no bairro com a Gil, conversamos sobre os nossos *crushes* e a vontade de encontrar alguém para valer.
A Gil me motivando para seguir em frente:
— Sai com o Leo e com outros, amiga, por que ficar só com um? Linda desse jeito.

Deu Match!

— Eu quero um namorado, Gil, não quero um monte de contatinhos.
— Mas, Mel, continua tentando. Vai conhecendo outros e aproveita o que tem.
— É, pode ser.
— Como você faz, Gil?
— Eu aproveito todos!
— Mas você não quer um namorado também?
— Sim, mas até achar um, vou me divertindo.
— Hum.
"Tanto eu quanto ela queremos um amor de verdade, mas um só, que queira a mesma coisa e não uma coleção desenfreada de *crushes*! Um para cada dia da semana."
Passamos na frente de um café e a Gil começa a dar em cima do atendente. Lindo, mas um pouco jovem demais para ela.
— Gostosa! – grita um cara de dentro de um carro para a Gil.
— Filho da puta – ela responde, gritando.
Os caras passam, quase se jogando para fora dos carros, para mexer com a Gil. Ela devolve, xingando:
— Veado!
"A Gil é foda!"
Eu suspiro.
"O que eu faço agora?"
— Gil, vamos na casa do Leonardo de novo?
— Demorou, Mel.
— Sem piscina dessa vez, Gil, pelo amor.
— Mas você não disse que não queria mais ficar com ele, Mel?
— Eu não sei o que fazer, Gil. Eu queria o Carlos agora.
— PQP, Mel, você só fica mais enrolada a cada *crush* que passa.
— Jura, Gil, você percebeu?
Risos.

Crush nº 5 - parte 2

Eu acabo de fazer a minha corrida na academia do prédio, quase 9 da noite.
O Carlos, nº 5, curte todas as minhas fotos.
Indignada, toda suada e cansada, mando mensagem para ele.
"Esse chove, não molha é irritante!"

[21:00] Mel: Vc não me dá a menor bola e curte as minhas fotos, cara chato kkk.

Ele manda áudio. O safado sabe o poder que sua voz tem sobre mim.

[21:00] Áudio do Carlos: Meu amor, isso não é verdade, eu curto suas fotos mesmo, porque é o único tempo que eu estou parando, viu, Mel?

E continua, reclamando da quantidade das obras que tem, blá-blá-blá.
"Oh dó."

[21:01] Mel: Adorei ouvir sua voz.
[21:03] Áudio do Carlos: A sua reação com a minha voz é muito gostosa.

O repertório do Carlos em termos de vocabulário não é muito criativo. Ele sempre repete: delícia, gostosa e muito bom.

[21:03] Mel: Você nem imagina o que é a minha reação com a sua voz, meu caro.

"Eu subo pelas paredes, mas isso eu não vou te contar."
Eu juro que mandei a primeira mensagem como uma demonstração de indignação. Tipo, "ou caga ou sai da moita." Não quer? Não fica curtindo minhas fotos e enviando mensagens: para!
Mas os áudios do Carlos não cessam, até ele chegar na minha casa, em torno da meia noite.
"Ui!"
O interfone toca.
— Alô.
— O Carlos tá aqui, pode subir? – pergunta o porteiro.
"Ô se pode."
— Carlos? Ah sim, pode sim, obrigada.

Deu Match!

"Eu não acredito que o vozeirão do caralho está finalmente aqui!"
Toca a campainha e eu vou, cheia de pose, abrir a porta.
Eu abro e perco o rumo vendo aquele homem lindo, alto, gostoso, tarado, delicioso avançar todos os sinais possíveis na porta mesmo, sem dizer uma palavra.
— Carlos, calma, diz boa noite, para, vamos tomar um vinho primeiro.
Eu bato a porta.
Carlos tira sua jaqueta e deixa cair no chão, enquanto começa a tirar a minha roupa, sem dizer uma única palavra. Nada!
— Para, Carlos, calma.
"Para nada, tranqueira."
Ele tira sua camiseta e, em seguida, desce a minha calça.
Coloca sua mão por cima da minha calcinha e me olha nos olhos.
"Pqp."
Ele começa a tirar sua roupa e eu tiro a minha.
Tudo em silêncio.
Carlos me beija e coloca uma camisinha.
Ele me vira de costas e penetra em mim lentamente.
— Ai, Carlos.
Ele ainda não disse nenhuma palavra. Sinto seu ar quente em meu ouvido, enquanto ele geme e se move dentro de mim.
Suas mãos tocam todo o meu corpo, enquanto em silêncio eu sinto todo o seu corpo e respiração.
O suor escorre pelas minhas costas.
— Carlos.
Ele me vira de frente e me carrega, me encostando contra a parede de pernas abertas.
Movimentos lentos e respiração cada vez mais ofegante.
Mais alguns minutos e os movimentos ficam intensos.
Os orgasmos acontecem juntos.
Ele finalmente me olha e diz alguma coisa.
— Boa noite!
Tímido é o caralho, né?

Tempo depois, sentados no sofá, tomando vinho, Carlos fala de trabalho.
Ele não faz quase nenhuma pergunta sobre mim.
"Egoísta!"
Ele fica um tempo olhando a bíblia em cima da mesa.
"Tá, tá, eu vou tirar a bíblia dali, não faz muito sentido nesse momento da minha vida ela ficar ali. Evita explicações."
Ele para de olhar na direção da mesa e volta a falar do seu trabalho.

Crush nº 5 - parte 2

"Ok, continue falando enquanto eu admiro seu corpitcho."
— Quer mais vinho, Carlos?
Ele aceita e fala um pouco mais de obras.
— Blá-blá-blá.
"Você não tem nada melhor para falar, não?"
— Blá-blá-blá.
"Olha esses braços, essas pernas."
— Blá-blá-blá.
"E o recheio nessa cueca."
— Blá-blá-blá.
Eu abro as pernas e fico olhando para ele.
"Vem fazer obra aqui, neném."
— Blá.
Ai, delícia, mudou de assunto.
A noite fica boa.

[08:10] Carlos: Muito bom dia!

No dia seguinte, os áudios e mensagens começam cedo. Provocações, *nudes* e a voz que me arrepia inteira.
Vários áudios, picantes, deliciosos, como diria o Carlos: muito bom, muito bom.
E eu fico esperando ele voltar hoje à noite.
Mas o Nº 5 literalmente me deixa na mão.
— Im-per-do-á-vel!

Mais um dia, mais mensagens e nenhuma atitude para voltar.
Eu paro.
Não quero ficar com alguém que eu tenha que ficar insistindo. Escaldada. Embora diferentes, tanto o Leonardo, Nº 3, quanto o Carlos, Nº 5, não querem uma mulher só. E os dois me enrolam igual ao Nº 1!
Eu fico p. Não gosto de começar do zero.
"Vai no aplicativo, curte, começa uma conversa, vai pro WhatsApp, Instagram, continua uma conversa, marca um encontro, as mesmas perguntas. É chato."
Eu vivo desativando o aplicativo, até a Gil me chamar a atenção.

[11:15] Traveca: Mel, para! Para de apagar as conversas, para de bloquear o Leonardo, para de sair do aplicativo.

[11:16] Mel: Eu estou perdida, Gil, confusa.
[11:17] Traveca: Como você vai escrever seu livro desse jeito?

Ela tem razão, acabo apagando um monte de coisa.
— Será que vai valer a pena escrever esse livro?
Respiro profundamente.
— Meu pai vai ter um troço.
"Afinal, que tipo de pessoa eu deixo entrar em minha vida? Alguém que me cerca, me escreve, me liga, aparece, beija, pega e tem atitudes. Quando vê, já entrou, pela fresta da porta da frente, pelo vão da janela. Gente que não me deixa solta, que sente o mínimo de ciúmes. Alguém que me olha além da cinta-liga ou do tamanho da bunda. Alguém com sensibilidade."
— Simples!
Eu rio sozinha.

Os dias passam e eu estou trabalhando em casa.
Cansada dessa vida.
Até a bíblia eu guardei em outro lugar.
Faço uma lista de perguntas para entrevistar meus *crushes* para o livro!

[13:30] Bia: Quantas perguntas tem na entrevista?
[13:31] Mel: 20!
[13:32] Bia: Um perigo essas entrevistas aí, viu.
[13:33] Mel: Pior que é mesmo.

106 *crushes* até o dia de hoje mais 65 ois.
"Oi? É isso mesmo?"
Fora as centenas de pessoas que rejeito quase sem olhar, por falta de paciência. Cansa conhecer pessoas.
Eu não sei dizer ao certo, se a maior parte do tempo usando o aplicativo, se eu passei raiva ou me diverti. A frustração é constante.

Chega o fim de semana.
O tempo passando e o trabalho evoluindo.

[09:45] Traveca: E aí Mel, como vc tá?
[09:46] Mel: Focando no trabalho, Gil, é o jeito.

Crush nº 5 - parte 2

[09:47] Traveca: Nada do Leonardo?
[09:48] Mel: Nada.
[9:49] Traveca: FDP.

Se o Nº 1, o Reinaldo, já teria sido bom o suficiente para eu sair do aplicativo, o Nº 3 mais ainda, considerando o tempo e a intimidade adquirida. E o 5 então, socorro.
Um saco começar tudo de novo, sempre as mesmas perguntas, blá-blá-blá:
— Onde você mora? O que vc faz?
— Leu meu perfil? Eu procuro algo sério.
Eu tenho que perguntar, porque tem gente que não está nem aí. Outro dia, um médico começou a falar comigo pelo *app* de manhã, querendo bater punheta. Caralho. E a noite teve a cara de pau de mandar msg pedindo desculpas.
Vácuo!
— Que signo você é?
Tem dois signos que eu acho melhor não investir: virgem e escorpião. Precaução! Um é meu inferno astral e para o outro, eu sou a casa do capeta.
Suspiro e penso com meus botões em voz alta:
— Será que o Leonardo gosta de mim?
"Quem gosta de você te deixa sozinha num sábado?"
— HOJE É SÁBADO! – falto alto.
E eu estou sozinha em casa.
Não era para ele estar aqui comigo?
Vai vendo.

Bem mais tarde, à noite.
Num dos meus desabafos, os conselhos da Bia, enquanto eu estou deitada no sofá.

[23:34] Bia: Mel, pare de olhar o Instagram. Se concentra no livro. Que se foda, se o cara adicionou outra. Deixa rolar.
[23:35] Mel: Sério Bia?
[23:35] Bia: Claro, vai dar, relaxa. Foco no livro e aproveita.

"Sei."
Suspiro.

Crush nº 3 – parte 2

Depois de mais de uma semana sem falar com o Leonardo e do sumiço do Carlos, Nº 5, eu resolvo matar a saudade.

[11:25] Mel: Oi.

"Não demore para responder."

[11:33] Leonardo: Oi.

"8 minutos? É isso mesmo?"

[11:36] Mel: Como vc está?
[11:36] Leonardo: Bem e vc?
[11:36] Mel: Nem sentiu minha falta.
[11:37] Leonardo: Sim, senti.
[11:37] Mel: Ainda tenho vontade de bater em vc kkk.
[11:37] Mel: Não sei lidar com isso.
[11:37] Leonardo: Vem bater.
[11:38] Mel: Cachorro.
[11:38] Mel: Kkkkk.
[11:38] Leonardo: Putinha.

"Não acredito que ele me chamou assim."

[11:38] Mel: Acho que quero ver vc.

"Querer eu quero, mas você não merece saber disso."

[11:39] Leonardo: Vem em casa, só de falar com vc já estou de p duro.
[11:39] Mel: Eu sei como vc fica.
[11:40] Mel: À noite, vem aqui.
[11:40] Leonardo: Queria vc agora!
[11:41] Mel: Eu estou trabalhando.
[11:41] Leonardo: Tá bom, à noite eu vou! Tem certeza, né?

Deu Match!

Esse "tem certeza, né?" eu entendo como um "Vou desmarcar algo, não vai me deixar na mão." Mas não quero pensar nisso.
"Tá, eu pensei."

[11:42] Mel: Tenho.
[11:42] Leonardo: Põe a cinta-liga.
[11:42] Mel: Até à noite.
[11:42] Leonardo: Qual o apto mesmo?
[11:42] Mel: Lembra da primeira vez que veio aqui, que você me agarrou no elevador e acabamos no décimo andar?

"Quando você me jogou contra a parede do elevador e mordeu e chupou meu pescoço, puxou meu cabelo por trás, esfregando seu corpo todo no meu, gemendo no meu ouvido, me arrepiando toda, cachorro."

[11:42] Leonardo: Lógico.
[11:42] Mel: Descemos quatro andares, você me agarrando, arrancando a minha roupa e me mordendo inteira.
[11:42] Leonardo: Fico louco só de lembrar.
[11:43] Mel: Então, lembrou qual é o apartamento e o andar?
[11:43] Leonardo: 6º andar, apto 6.
[11:43] Mel: kkk bj.
[11:43] Leonardo: 😊.

Eu estou morrendo de saudades do Leo e daquela bunda fofa. E com raiva do Carlos, gostoso, *crush* Nº 5, ter me deixado na mão, depois de passar dias trocando áudios, com aquele espetáculo de voz, *nudes* e mensagens, me provocando. Eu fico doida, subindo pelas paredes.
Acabou sendo a "deixa" para eu ir atrás do Leonardo, depois da nossa última DR.
— Este aplicativo está acabando comigo.
"E agora a ideia de escrever o livro."
— Onde é que eu fui amarrar meu burro?

Eu ainda estou trabalhando, na sala.
"Melhor atrasar um pouquinho o encontro."

[21:04] Mel: Vc pode vir às 22h30?
[21:04] Mel: Eu ainda estou trabalhando.
[21:06] Mel: ??
[21:07] Mel: ????

Crush nº 3 - parte 2

[21:09] Mel: ?
[21:14] Mel: ?????????????????????
[21:14] Leonardo: Tá bom, galega.

"Melhor tomar um banho e me arrumar 'daquele jeito'."

Perfume, batom, cabelo lavado, com água praticamente fluidificada, xampu ungido, condicionador roubado, que a diarista deixou no banheiro, nível máximo de provocação. Eu estou pronta, em pé, entre a sala e a cozinha. De calcinha, sutiã, meia sete oitavos, cinta-liga e salto alto: tudo preto. E nada mais, fora, claro: o tesão.
"E eu que jurava para mim, que nunca mais entrava em *sex shop*."
— Música ambiente! Vamos ver!
Vejo os Cds que a Gil deixou em casa.
Tiro o Falcão, tiro o Chitãozinho e companhia, tiro o Vittar e deixo a Anitta.
Vinho branco gelado.
Taças grandes, para ele - e eu - beber bastante.
Tiro a Anitta e deixo o silêncio.
Olho no relógio do celular.
"Já passaram 7 minutos Sr. Leonardo."

[22:37] Mel: Atrasado!

Ponho o Chitãozinho.
Segunda taça de vinho.
— Ah delícia.
Mando mensagem.
Vácuo.
"A janela aberta e eu com frio. Cadê você, tranqueira?"
É difícil ficar *sexy* com frio.
O interfone toca.
— Alô.
— O Leonardo está aqui, pode subir, dona Mel? – o porteiro pergunta.
— Pode. Obrigada
"Mais um gole de vinho para esquentar, não estou aguentando."
Toca a campainha.
"Até que enfim."
Eu abro a porta, daquele jeito, olhando séria para ele, sem me mover, apertando o talo da minha taça nos dedos, que faz até barulhinho no vidro — sim eu juro estar chique, mas a taça de cristal eu não tenho.

Deu Match!

Leonardo põe as mãos no rosto e cobre os olhos e a boca aberta com as mãos.
"Ele sempre tem reações espontâneas em relação à minha aparência. Fisicamente eu mexo demais com ele. Isto é fato. Duro e imediato."
E o 'duro' deixo à sua imaginação.
Eu continuo encarando seu rosto e torcendo que nenhum vizinho abra a porta e me veja nos trajes "a la Bruna surfistinha" com um cara embasbacado em pé na minha porta, do lado de fora.
— Linda, linda, maravilhosa, você é a mulher mais linda que já fiquei em toda a minha vida.
— Entra Leonardo!
"Entra, pelo amor de Deus!"
— Como uma mulher como você foi ficar com um pangaré como eu?
"Eu já disse que ele é engraçado, né?"
Eu me controlo para não rir e manter a cara e a pose de *sexy*.
"Empina a bunda, coluna ereta, peitos para frente, sem movimentos bruscos com as pernas, para a liga não sair, encolhe a barriga, segura o ar, isso. Não respira, sorri levemente e ainda cerra os olhos para parecer a pose mais natural do mundo. Eu já nasci assim, *baby*."
— Entra, Leonardo, pelo amor de Deus.
— Deusa.
"Barulho do elevador, meu Deus do céu, entra logo."
— LEONARDO, ENTRA!!!!!
Ele finalmente se mexe.
"Ufa, entrou."
A novidade é que ele fica um tempão me admirando, me fazendo dar voltas para me ver inteira, passa a mão no meu cabelo, me beija e volta à incessável admiração.
"Ele está diferente das outras vezes, juro para Deus e todos os santos e Virgem Maria que ele está com saudade."
— Que saudade da minha deusa!
Eu rio e bebo um pouco mais da minha taça de vinho.
"Louco de chique. Ainda mais nesses trajes!"

Já dentro do apartamento, o fogo aumenta.
Além dos amassos, ele quer entender o porquê de eu estar brava e tê-lo bloqueado no Instagram.
Eu devia bloquear ele no Instagram, no Facebook, no WhatsApp, no condomínio, na minha cama, na minha cabeça, na minha vida!
"Dê graças a Deus que foi só no Instagram, meu filho."
— Que saudade que eu estava de você, Mel, por que você faz isso comigo?
Cada vez que ele faz essa pergunta, eu sinto vontade de bater nele, sério.
"Cinismo é foda."

Crush nº 3 - parte 2

Eu desconverso todas as vezes, para tentar deitar e rolar, dar umas mordidinhas na bunda fofa e deixar a porcaria de conversa de lado.

— Linda, linda, que saudade. Vem cá, eu quero dar um abraço, que saudade eu senti de você.

O Leo continua a se afastar para me olhar e me comer inteira com os olhos.

Ele cheira o meu cabelo várias vezes.

— Esse cheiro está me deixando louco, Mel.

"Uia, o condicionador da diarista é bom. Vou comprar um igual. Urgente!"

Leonardo suspira e geme cheirando meu cabelo outra vez.

"Deve ser uma marca de Paris, ou de algum país bem místico, que usa flores, ervas exóticas e o diabo a quatro de afrodisíaco."

Estamos em pé no balcão da cozinha, tomando vinho e conversando. Eu estou nesses trajes e ele ainda não me pegou, daquele jeito.

E eu com a cinta-liga nova, doida para fazer o *test drive*.

"É, ele sentiu falta mesmo. Do jeito dele, mas sentiu."

— Espera um pouco, deixa eu abaixar um pouco o volume – eu digo.

— Isso, abaixa.

"Vamos abaixar um pouco o Chitãozinho."

Pelas minhas costas, aquele *flash* de luz de quem está tirando foto minha, escondido, safadinho.

— Leonardo! Deixa eu ver! Pode apagar!

"Ok, a foto ficou *sexy*, deixa o moço se divertir um pouco."

— Tá, pode deixar, só não mostra para ninguém.

— Você acha que eu vou querer dividir você com alguém? Lógico que não.

Eu estou exatamente naqueles momentos que compensam o uso do aplicativo. Eu me sinto linda, desejada e vou passar no mínimo uma noite inteira bem agradável, para não dizer outras coisas.

"Nem é sábado, mas é dia de dar!"

O problema é que o Leonardo insiste em conversar sobre o fato de que eu o excluí do Instagram pela segunda vez, sem aparente explicação, do ponto de vista cínico dele.

— Você tem que parar com essa criancice de me excluir do Instagram, Mel.

— Talvez seja melhor assim, aí eu não vejo o que você faz.

Eu não quero conversar, vai dar merda antes de eu me divertir, mas o Leonardo insiste.

"Porcaria!"

— Não, não tem nada a ver, não é melhor assim não, Mel.

— Leonardo, da última vez em que estive na sua casa, você me pediu uma chance para mudar suas atitudes, lembra?

— Claro que lembro.

— Então, eu saí da sua casa às três da manhã, que horas você costuma acordar no sábado, umas onze, certo?

Ele respira fundo, bufando, com as mãos na cintura.

— E daí?

— E daí, que no dia seguinte em torno das onze da manhã, você inseriu alguém do aplicativo no seu Instagram.

Deu Match!

— Quem disse que é alguém do aplicativo e não da família, uma amiga?
Começo a gargalhar.
"Que ódio, olha o cinismo da pessoa!"
— Eu sei que é do aplicativo.
— Eu não acredito, Mel.
— É isso, Leo, você me pede uma chance e a primeira coisa que você faz no dia seguinte é inserir mais alguém na sua vida, a caminho da sua cama. Para de mentir para mim.
E dá merda mesmo!
Solto os cachorros e bato na cara dele, de raiva mesmo.
Eu já bebi horrores.
Não sei bem o que eu falei, mas quando vejo, o Leonardo já está pegando sua blusa e indo embora.
"Mas como assim?"
Supostamente eu o chamei de canalha, mas não me lembro disso.

Eu ainda estou naqueles trajes, zonza, bebendo vinho, em pé entre a sala e a cozinha e o Leonardo foi embora, de verdade.
"Que absurdo. Me deixar na mão, é isso mesmo?"

[00:11] Mel: Volta agora!
[00:13] Mel: Vem aqui!

"Eu não me diverti ainda."

[00:13] Leonardo: Tá tudo bem.
[00:13] Leonardo: Vou dormir.

"Vai dormir o caramba."

[00:13] Mel: Por favor.
[00:13] Mel: Leonardo.
[00:13] Leonardo: Amanhã a gente conversa.
[00:13] Mel: Vem aqui, por favor.
[00:13] Leonardo: Está tudo bem.
[00:14] Mel: Estou te pedindo.

"Vai voltar já! Manda quem está de cinta-liga!"
Ele faz uma chamada de vídeo e volta.
"Ufa. Tem que apagar meu fogo primeiro, poxa vida!"

Crush nº 3 - parte 2

De volta ao vinho e ao balcão.
A DR continua.
— Você tem que parar de brigar comigo, Mel, para.
— Eu não quero conversar, Leonardo, quero ficar com você agora.
— Sabe o que o porteiro me perguntou quando eu cheguei na primeira vez?
Ele fica com as mãos na cintura olhando para mim.
Silêncio.
"Ai meu Deus, o que o porteiro falou?"
— Não faço ideia, o que ele poderia ter falado?
"Jesus Cristo, eu vou matar o porteiro!"
— Se fui eu que estive aqui ontem.
Me delatou geral.
"Oi? Como assim? A primeira vez na vida que faço algo do tipo e o porteiro me entrega logo de cara? Como é que eu vou escrever o livro com esse porteiro?"
— Não veio ninguém aqui ontem. Ontem não.
"Foi antes de ontem, o Nº 5!"
— Ontem não, Mel?
— Ontem não.
Quer saber? Conto a verdade! Tem outro!
Eu deixo claro: tá levando chifre mesmo. Se ele não está pronto para um relacionamento sério, eu continuo a minha busca. Este é o ponto.
Ele continua com as mãos na cintura, me olhando sério.
Mas eu mudo de assunto, porque quero muito matar a saudade, morder essa bunda fofa e beijar a noite inteira.
"Ui."
Começo a beijar o rosto do Leo e me aproximo da sua boca, enquanto ele tenta se afastar.
— Eu ainda estou chateado com você, Mel.
Eu viro meu corpo de costas para o dele e rebolo devagar me encostando em seu corpo.
— Está bravo, amor? Tem certeza?
Leonardo finalmente reage, daquele jeito.
Ele me aperta pela cintura e se esfrega todo em mim. Geme, respira de forma ofegante, puxa meu cabelo para o lado.
— Está bravo ainda, amor?
Ele chupa minha orelha enquanto eu sinto sua respiração quente e seu corpo todo me apertando por trás.
— Que saudade de você, Mel.
Ele me vira de frente e me beija ofegantemente. Sinto o gosto do vinho na sua língua. Suas mãos puxam meu cabelo, deslizam minhas costas e chegam entre as nádegas e coxas.
— Eu quero você, galega.

Deu Match!

Leonardo tira a camisa e a calça com uma rapidez impressionante.
Ele me vira de costas mais uma vez e se ocupa com o meu cabelo e pescoço, mordendo, puxando, cheirando e gemendo em meu ouvido.
Eu sinto o ar quente vindo de sua boca.
— Eu adoro você, Mel, você me deixa doido.
E eu não sei por que, mas o cheiro do meu cabelo está deixando o Leonardo louco.
"Ele não para de cheirar o meu cabelo e gemer, suspirar, parece que vai comer umas mechas. Preciso descobrir onde comprar este condicionador, pra ontem."
E a noite vai parar no quarto.
Leonardo me joga na cama e imediatamente sobe em cima de mim. Sinto suas mãos subindo pelas minhas pernas, sentindo a meia sete oitavos e depois sua boca pela cinta-liga.
— Você é minha, Mel!
Meu corpo arrepia de cima a baixo, a respiração acelera, enquanto encaro seus olhos.
"Ui."
Que noite.

A manhã também é longa.
Eu estou trabalhando na sala, desde às oito da manhã, e o Leonardo dormindo no meu quarto, de cueca, todo delícia, bundinha virada para cima, ai meu Deus.
"Foco, Mel! Foco! Pelo amor."
Pensa na dificuldade de sair do quarto para trabalhar na sala ao lado, com um homem gostoso e apetitoso na minha cama.
"Já, já vou acordar ele e dar um bom dia, daquele jeito. Antes vou mandar uma foto que tirei de cinta-liga."

[09:29] Mel: Pra vc venerar sua deusa.

"Vai de *souvenir* para me reverenciar dia e noite. Devia criar um altar para mim, isso sim! Tranqueira!"
Suspiro.
Não é muito fácil me concentrar, sabendo que tem um homem no meu quarto.
Olho para a porta do quarto, tentada.
"Tormento, tormento, tormento na minha cabeça. Foco Mel, foco!"
Continuo trabalhando.

Em torno das 10h, ele levanta.
Leo chega na sala só de cueca, com cara de sono, mas acordado nas partes baixas.

Crush nº 3 - parte 2

— Vem!
Ele estica a mão para mim, como um convite.
"Nossa, só uma palavra para me convencer? Nada mais? É isso mesmo?"
Sinto o coração acelerar.
"Tá, não precisa chamar duas vezes."
Me levanto e pego em sua mão.
"Ui."
Sou ferozmente atacada por mãos em todo o meu corpo, mordidas e chupadas em meu pescoço.
Antes de chegar no quarto, ele já está sem cueca e eu quase sem roupa.
— Bom dia, né, Leonardo?
Ele me vira de quatro na cama, enquanto desce com a boca pelas minhas costas.
"Socorro!"
Ele morde e chupa cada centímetro de cima para baixo, enquanto sinto os pelos das pernas ouriçarem.
O bafo quente misturado ao seu corpo se esfregando em minha bunda.
"Ah, eu não resisto."
Agora sua boca brinca em minhas nádegas, enquanto as mãos chegam entre minhas coxas.
Eu fecho os olhos, o corpo inteiro arrepia, ouço as respirações e gemidos.
Pronto. Não sei mais onde eu estou.
Depois de mais algumas cheiradas no meu cabelo, mordidas no meu corpo e um milhão de apertos, o Leo vai embora e eu volto ao trabalho.
— Isso! Vai embora, tentação!
Na sala, trabalhando, chega uma mensagem de agradecimento pela foto.

[11:02] Leonardo: Deusa!

"Hum. Ele gostou do *souvenir*. Agora só falta o meu altar, bem chique viu? Com luzes, brilho, neon, muito rosa, perfume, incenso, *glamour* e lantejoulas! Por favor."
Leonardo tem vários apelidos para mim: Deusa, galega, bebê, meu amor, linda, gata, loira. Apesar de eu gostar de todos eles, imagino que seja para ele administrar seus *crushes*, assim não troca o nome de ninguém.
"Cachorro, cafajeste, canalha, tranqueira, galinha, delícia. Saco!"
Tudo isso foi de quinta para sexta.

[11:05] Mel: Eu adorei.
[11:05] Mel: Estava morrendo de saudade de vc.
[11:06] Leonardo: Linda, eu também 😚😚😚😚

Vai vendo.

Deu Match!

Eu estou na sala, mais uma vez, trabalhando.

Agora é madrugada de sábado para domingo. E de novo, o Leonardo sumiu, não manda mensagens e fica assim, em silêncio por alguns dias.

— P####, c######, f#### d# p###!

E a minha vontade, como é que fica?

Não é isso o que eu procuro para mim. Eu quero um namorado, alguém que entre em minha vida, que me queira todos os dias, que mande mensagem perguntando como eu estou, dizendo que sente saudade. Pode mandar *nudes* também. É isso o que quero. De livre e espontânea vontade. Ele não me dá? Não serve.

"Então, por que estou ainda pensando nele? Provavelmente pelo sorriso safado e lindo que ele tem, só pode. A pegada, o beijo, as mãos, ai, já falei da bunda fofa? E assim eu continuo tentando."

— Ainda preciso comprar mais daquele condicionador mágico!

Preciso desabafar com a Gil.

[23:45] Mel: Não foi fácil passar a sexta à noite e o sábado inteiro sozinha.

[23:46] Traveca: Pq vc insiste nele, Mel?

[23:47] Mel: Por causa do fora que eu levei do Carlos, por exemplo. Serve?

[23:48] Traveca: Serve, pq esse Carlos é bem mais bonito, amiga.

[23:48] Mel: Se é. E aquela voz do caralho?

[23:49] Traveca: E o que vc vai fazer?

[23:49] Mel: Minha vontade é sair do *app*, cansei.

[23:50] Traveca: Mas agora tem o livro, Mel.

[23:51] Mel: Tô perdida, amiga, não sei o que vou fazer ainda.

[23:52] Traveca: Vai dormir, Mel, amanhã vc pensa.

[23:53] Mel: Te adoro, traveca linda.

[23:54] Traveca: Biscate! Bj.

Deito em minha cama e continuo pensando com os meus botões.

Nua na cama, sozinha e no dia de dar.

"Pqp!"

E pensar que toda sexta-feira ele come pastel na feira do condomínio. Pastel? Não tem uma coisa mais chique, romântica, *sexy*, sei lá, um *Fondue*? Vinho? Champanhe?

— Por onde anda o gostoso do nº 5, Carlos, tesão da minha vida?

"Tédio, nervoso."

Continuo nas minhas reflexões que não me levam a lugar algum e só me fazem querer fugir disso tudo.

"Quase três meses no aplicativo e o que mais me apeguei até agora foi o Nº 3. Mãos hábeis e sorriso fácil, mas um tanto dissimulado. "

Vai vendo.

A segunda busca pelo vibrador

Na noite seguinte, no condomínio, eu e a Gil vamos de novo na casa do Leonardo, tentar pegar ele no flagra com o cara do fone de ouvido.

— Se é amante dele eu quero saber, Gil.

É noite e continua frio.

— Gil, qualquer coisa, dá em cima do porteiro.

— Espero que não precise, Mel.

A gente entra no prédio como se fossemos moradoras, com a maior cara de pau, e tem outro porteiro de plantão.

Ele pigarreia e fala:

— As senhoritas vão aonde?

— Oi amor, não está me reconhecendo?

O porteiro fica todo sem graça, enquanto a Gil o puxa pela jaqueta.

— Não, não me lembro não, senhorita.

Eu me seguro para não rir.

"Mas é uma atriz essa Gil."

Ele engasga, provavelmente com a própria baba.

— Como você foi capaz de me esquecer, gostoso?

Ele tosse e põe a mão na boca, ao mesmo tempo que enche o peito de ar. A Gil em cima do porteiro, eu me escondendo atrás dela.

Eu aproveito e sigo para a janela do Nº 3, abaixada.

— Ufa, cheguei!

Olho na sala e nada.

"Vou esperar a Gil."

Passa uns cinco minutos e ela aparece, se abaixando. Falo cochichando:

— Por que demorou, Gil?

— Tive que dar uns beijinhos no bofe.

— Quê?

"Fala sério!"

Gil dá de ombro e faz cara de desprezo.

— Tá bom, Gil, vamos na janela do quarto, não tem ninguém na sala.

Engatinhamos até a janela do quarto.

— Ai, meu joelho, Mel!

— Vem, Gil, sem frescura.

— Frescura é o cacete!

Deu Match!

— Vai Gil, dá uma olhada.

— Por que eu?

— Ah, sua vez, vai.

Gil levanta e mexe na cortina. Ela fica paralisada.

— Gil, o que você está vendo?

Silêncio!

— Gil, o que você está vendo?

Silêncio!

— Gil!!!

Ela responde lentamente e ainda de boca aberta.

— Você não vai acreditar, Mel.

— O que, Gil?

Eu fico olhando para ela e ela nem se move, continua de boca aberta até engolir seco.

"Eu não aguento!"

Levanto e vejo o bunda fofa batendo punheta com um óculos de realidade virtual e fone de ouvido.

— Filho da puta, punheteiro.

Gil continua imóvel, olhando para ele.

— Ai, Mel, gostosinho o jeito que ele faz.

— Será que é um filme *gay*, Gil?

— Gostei do pau dele, Mel.

— Tranqueira, gostoso – eu solto.

Suspiro.

— Gil!

— Olha lá, o jeito que ele mexe, Mel.

— Como assim, Gil?

— Silêncio, Mel, olha lá.

Dá para ouvir a respiração do Leonardo e dos movimentos da mão no pau dele.

Ele se remexe na cama, com uma cara de tesão absurda.

"Que ódio, devia estar comigo!"

Eu e a Gil de boca aberta.

Leonardo geme e alterna os movimentos entre devagar e rápido, virando a cabeça para o lado entre um gemido e outro.

"Pqp, que saudade desse fdp."

— Ai, que delícia, Gil.

— Gostoso mesmo, viu, Mel, agora estou entendendo muita coisa.

— Vontade de pular nessa cama, Gil.

— Olha o suor dele correndo no peito, amiga.

— Estou vendo, Gil.

— Quer ir lá, Mel?

— Quero! Mas não vou!

A gente continua assistindo o showzinho, clandestinamente.

78

A segunda busca pelo vibrador

Silêncio do lado de fora. Gemidos do lado de dentro.
"FDP."
Gil respira fundo e continua olhando.
"Que vontade de sentar nesse colo, meu Deus."
— Olha, Mel.
— Estou olhando, Gil.
— Olha, Mel.
— O que, Gil? Estou olhando.
— Presta atenção, olha o dedinho dele e o jeito que ele mexe. Sobe três vezes rapidinho e depois uma vez longa e lenta.
— Gil! Você está contando?
— Eu estou é vendo o pau dele, Mel, agora entendi por que vira e mexe você volta para ele.
"Eu não acredito!"
— Ele sobe quatro vezes e depois tem uma vez longa e lenta, olha lá, Gil.
— Deixa eu ver, agora foram cinco.
— Pera lá, olha, 1, 2, 3, 4.
— Não Gil, é 1, 2, 3, 4, 5.
A Gil fica olhando e contando nos dedos.
— Mel, presta atenção, 1, 2, 3, 4.
— Para de olhar, Gil!
— Paro, nada, Mel, deixa de ser egoísta.
"Ciúmes do meu bunda fofa."
As duas levemente agachadas na janela, estáticas, babando, acompanhando a movimentação do dito cujo.
Eu e a Gil ficamos quieta observando a sem-vergonhice do Leonardo. Até o fim.
Ele geme alto e se mexe como um animal.
"Pqp!"
— Que filme é esse, Gil?
— Pqp, Mel, o bofe geme sempre assim, é?
— Geme.
— Ui, agora entendi.
Ela me olha de lado e sorri.
O safado do Nº 3 continua deitado alguns segundos sem se mexer. Em seguida, tira os óculos.
Eu e a Gil abaixamos, correndo.
— Vamos embora, Mel, o bofe está sozinho.
— Bora!
— Bunda fofa punheteiro.
— Gostei, Mel.
— Para, Gil!
— Ciumenta!

Crush nº 6

Henrique

Nome	Henrique
Idade	46
Signo	Sagitário ↗
Profissão	Cirurgião Dentista
1º Encontro	Bar Morumbi
O que eu mais gostei?	Não gostei
O que eu não gostei?	Cheio de problemas
Bom de 0 a 10	7
Galinha de 0 a 10	Não deu para saber
Bonito de 0 a 10	7
Peculiaridades	Recebe uns espíritos aí...
P, M ou G	Não faço ideia

Deu match!

Perfil: *Procurando uma mulher para relacionamento sério, cansei desse app!*

Entre uma busca e outra pelo vibrador desaparecido e o Leonardo furão: #partiucrushnovo!
Nas conversas pelo *app*, parece carente. Ainda assim quis arriscar, ele quer um relacionamento sério e se diz cansado e frustrado, exatamente como eu.

[16:05] Henrique: Vai dar certo, eu sou o cara que você está procurando. Você nunca mais vai querer usar este aplicativo.
[16:05] Mel: Tomara.

Marcamos um encontro!
Henrique parece indignado com a superficialidade do aplicativo e se diz espírita, médium de cura.
"Espírita é tudo o que a minha igreja não quer, meu caro."
Gil de sobreaviso e a postos!
Vai que.
Vai vendo.

Bar Morumbi!
Eu sei, eu sei, eu devia ser mais diversificada, mas não devo nada a ninguém! Aqui está bom para mim e o dono do bar já até parece íntimo, de tão bem que me trata.
"Parece até que me conhece, vai saber."

Crush nº 6

— Ai, ai.

"Tirando o incidente do primeiro encontro com a Gil, está tudo certo!"

Estou disposta a entender quem é esse novo *crush*.

— Afinal, este quer algo sério, Mel – digo a mim mesma.

Já estamos sentados, conversando e bebendo cerveja.

Henrique fala sobre seus problemas.

— E meu irmão não fala comigo há anos, Mel.

— Sei.

— Tudo por causa de dinheiro.

— Hum.

— E a minha cunhada está me processando.

"Ai, meu Deus!"

— E minha mãe não me apoia.

— Hum.

"Socorro!"

Tento mudar o rumo da conversa:

— E você é espírita, Henrique? Como é isso?

— Eu trabalho, curando pessoas.

— Mas não consegue resolver seus problemas então?

"Que coisa, não?"

— Não, estou afastado no momento.

— Sei.

Meu telefone vibra.

— Só um momento, pode ser meu filho.

— Claro.

[21:30] Traveca: Como estão as coisas por aí?

[21:31] Mel: Mais ou menos.

[21:32] Traveca: Quer que vá aí? Estou por perto.

[21:32] Mel: Não sei, acho que está td bem.

[21:33] Traveca: Qualquer coisa chama, estou aqui do lado.

[21:34] Mel: Ok. Obg.

— E então, você não sente falta de fazer suas curas, Henrique?

— Às vezes, Mel.

— Eu estou afastada também, mas meu pai é pastor!

— Pastor?

— Pois é!

Ele me encara, de boca aberta.

Silêncio total.

"Será que eu assustei o bofe?"

Olho para ele e nada. Nenhum movimento.

Deu Match!

— Está tudo bem, Henrique?

Ele não responde.

"Que encontro mais estranho!"

Henrique começa a fazer uns movimentos estranhos, abaixa a cabeça, bate na mesa, balança o rosto e faz barulho com a boca.

Eu olho para os lados e os garçons já estão olhando.

De repente ele levanta a cabeça e para, me encarando, todo diferente de antes.

— Eu tenho um recado para você, minha fia!

— Oi?

De repente, Henrique bate com as duas mãos na mesa e fica me olhando, imóvel. Os garçons continuam olhando. Henrique fala esquisito.

"Que voz é essa, meu Deus? O que está acontecendo aqui?"

— Henrique, está tudo bem?

"Que medo!"

— Eu não sou o Henrique, sou o Preto Velho, fia.

"Jesus, Maria, José."

Cadê meu telefone, para acionar a Gil?

Digito correndo:

[21:45] Mel: Corre pra cá, é sério.
[21:45] Traveca: Indo.

— Você não quer ouvir o recado que tenho para te dar, fia?

— Claro, o senhor pode falar.

"Eu estou com o C na mão, senhor Preto Velho."

Olho para os garçons, que estão tão assustados quanto eu.

"Até volto para a igreja depois dessa, meu caro! Medo!

Medo!

"Deus do céu, eu prometo que vou sair do aplicativo. Me salva dessa! Cadê a Gil?"

— Você tem que fazer um trabalho para mim, fia.

— Como assim? Que trabalho? Não era só um recado, senhor Preto Velho?

Os garçons apavorados, andando de um lado para o outro e olhando.

Faço sinal de negação com as mãos.

"Não adianta olhar para mim não, rapaz, não faço ideia do que está acontecendo aqui."

— Eu quero que você faça um pequeno serviço para mim, no terreiro.

— Eu, senhor Preto Velho?

Você mesmo, fia.

"Ai, Jesus!"

Eu fico encarando ele.

"Lá vem!"

— Vai levar lá um frango com farofa, cachaça e uma dúzia de rosas.

— Meu pai não me deixa fazer trabalho, não, seu Preto Velho.

84

Crush nº 6

— Seu pai não deixa muitas coisas, que a irmã faz, né, fia?

"Ai meu, Deus, como é que ele sabe?"

Eu respiro fundo e fico olhando para ele, que logo acrescenta, todo debochado:

— O pastorzinho não precisa ficar sabendo.

"Dá para concluir isso logo?"

— E que terreiro? Eu nunca nem fui em terreiro. Não conheço nenhum.

"A Gil chegando, graças a Deus."

— Qualquer terreiro serve, fia.

Gil senta do meu lado, de olhos arregalados.

— O que é isso, Mel?

Faço sinal com a cabeça para frente.

Henrique se agita ainda mais e começa a falar bem alto, batendo palma.

— Jesus, Maria, José! O que que é isso, Mel?

Dou de ombros.

O Preto Velho continua.

Ele levanta e começa a andar em círculos em volta dele mesmo, cantando algo que não consigo entender.

— Que porra é essa, Mel do céu?

— Eu vou saber, baixou um Preto Velho no cara.

— Puta que pariu, Mel.

O garçom se aproxima, falando baixinho.

— O que a gente faz?

Damos de ombro e o garçom também senta na mesa.

O Preto Velho se debruça na mesa e encara a Gil, para interagir:

— Eu tenho um recado para você também, minha fia.

— Viva! De quem?

A doida bate palmas.

— Gil – eu exclamo.

"Eu não acredito que ela ficou feliz, a louca."

— A sua mãe quer que você devolva as roupas que pegou dela e doe no asilo perto da sua casa, fia.

— Você tá brincando, seu Preto Velho?

— Sim, fia, ela disse que você roubou das caixas de doação que seu irmão tinha arrumado para o asilo.

— Eu não vou devolver porra nenhuma, pode falar para ela.

— Gil do céu, você roubou sua própria mãe?

— Eu não roubei nada, ia pro asilo, eu peguei, não era doação? Então.

— O senhor não tem nenhum recado para mim? – o garçom pergunta.

"Oi? Só tem gente doida por aqui, é isso?"

— O que você quer saber, fio?

"Parece que ele tem recados para todo mundo, é isso mesmo, produção?"

— Ah, o senhor sabe, eu fiz um trabalhinho lá no terreiro que eu frequento, para segurar meu namorado, queria saber se vai dar certo, de ele voltar para mim.

Deu Match!

Eu olho para a Gil, que está encarando o Preto Velho e dando uma secada no garçom, meio de canto.

"Como é que eu entro numa situação dessas? Alguém me explica?"

O Preto Velho levanta e começa a fazer uns barulhos estranhos de novo, enquanto dá voltas em torno dele mesmo. É uma dança esquisita.

Ele senta e bate na mesa com as duas mãos.

— Olha aqui, meu fio. O seu namorado até vai voltar, mas você vai ter que largar o outro, que mora do lado da sua casa. Ou é um ou é outro, tem de escolher.

— Mas como o senhor sabe, Preto Velho?

— Preto Velho sabe tudo, meu fio.

— Tá certo, mas ele vai voltar para mim então, seu Preto?

— Vai, fio, vai.

Eu cutuco a Gil com a mão e encosto em seu ombro.

— Gil, como é que isso termina? Eu quero ir embora.

— Não sei, nunca vi isso na minha vida, Mel.

— Calma, já deve acabar – o garçom explica.

Me lembro de algo importante e aproveito para me consultar:

— Seu Preto Velho, meu vibrador roxo está na casa do Leonardo?

Ele chacoalha os dedos perto das orelhas, antes de responder:

— Tá sim, fia, procura na sala.

— Eu não acredito – eu grito.

— Falei que ele era veadinho, Mel!

— Quieta, Gil!

— Já dei os meus recados, meus fios.

O rosto do Henrique cai sobre a mesa e os braços ficam esticados até o chão.

— Ai, meu Deus, ele morreu? – eu pergunto.

— Será que teve um piripaque? – o garçom fala.

— Não, Mel, só o santo que acabou de ir embora.

Faço o sinal da cruz.

— Acabou? – o garçom pergunta.

Todos se olham, inclusive os outros garçons que estão distantes da mesa.

Henrique levanta a cabeça e questiona:

— O que aconteceu?

— Baixou um Preto Velho em você, fofo – Gil fala.

"Ai meu Deus, isso é jeito de falar?"

— Você está bem, Henrique? – pergunto.

Ele olha para os lados, abaixa os olhos em direção à mesa e fica em silêncio.

Eu olho para a Gil e aguardo.

"Climão!"

O Garçom se levanta e sai da mesa.

— Eu fiz algo errado? – Henrique pergunta.

— Não, não, fio, tá tudo certo. Deu recado pra todo mundo aqui, só isso – a Gil responde.

Crush nº 6

— Está tudo bem, Henrique, nem durou muito tempo, fique tranquilo – eu digo.

— Me desculpe, Mel.

— Imagina, está tudo bem. Como você se sente?

— Eu estou bem, mas vou embora, me desculpe.

Henrique, para lá de constrangido, pega seu casaco, passa no caixa, paga a conta e vai embora. A gente fica olhando, até ele sair do bar.

"Coitado."

— O que foi isso, Gil do céu?

— Ah, eu gostei, bonito o bofe.

— Gil!

— Quê?

— Você ouviu? Meu vibrador está na sala do Leonardo, Gil, na sala!

— Vamos lá de novo, Mel?

— Você vai comigo, né Gil?

— Bora.

— Que louco esse encontro, Gil.

— Mel, você é campeã para se meter em enrascada, amiga.

"Pior que sou. Como pode?"

Gil fica olhando para mim e balançando a cabeça, cheia de moral.

Decerto.

"Filhos da puta do Leonardo e do Carlos."

Se comparecessem direitinho, eu não tinha que passar por nada disso. E se o veadinho do Nº 3 não tivesse roubado o meu vibrador, eu não tinha que ficar planejando buscas às escondidas na casa dele.

Sem falar do Nº 1, que podia ter evitado a porra toda.

Custa colaborar e ficar comigo de uma vez?

Vai vendo.

A terceira busca pelo vibrador

Onze e meia da noite. Eu e a Gil entramos no prédio do Leonardo. Já sabemos que passou da hora de nadar.
Eu cochicho para a Gil.
— Outro porteiro.
Ele pergunta aonde vamos.
A Gil começa a dar em cima dele.
— Ui, gatinho, não foi você que estava aqui da outra vez?
— Eu? Não, digo, não sei – o porteiro todo desconsertado.
— Quer meu telefone, amor?
— É, não sei, você quer? Digo, quero.
A Gil escreve o número num papel que está no balcão da recepção e manda um beijinho para ele.
Passamos!
"Ufa!"
A Gil é foda!
Já na área externa, caminhamos rindo.
Engatinhamos próximas às janelas do Leonardo.
— Vai Gil, levanta e vê se ele está na sala.
A Gil levanta, devagar.
— Não tem ninguém.
— Vamos no quarto então, Gil.
Engatinhamos até a janela do quarto.
Minha mão arranha no piso e dói.
— Ai, Gil.
— O que foi, Mel?
— Machuquei a mão.
— Vamos embora, Mel! Foco!
Eu sigo engatinhando, toda torta, apoiando o peso do corpo na outra mão. A Gil ri.
Chegamos na outra janela.
Eu limpo e assopro a minha mão, toda ralada.
— Agora vê você, Mel!
Eu levanto e vejo a bunda fofa de bruços, abaixo correndo, segurando o rosto e cochicho.
— Ai, meu Deus, que saudade de morder essa bunda.
— Foco, Mel! Ele está dormindo?

Deu Match!

— Acho que está!

— Então entra na sala!

Voltamos engatinhando até a janela da sala.

"Pai nosso que estais no céu..."

— Vai Mel, entra!

— Faz pezinho, Gil!

— Eu não acredito, Mel.

— Vai, Gil.

A Gil faz pezinho e eu pulo. Começo a mexer em todas as gavetas.

Nada.

— Vai, Mel, procura.

Começo a procurar em cima dos livros que estão na prateleira, apalpando o que está acima do meu campo de visão.

Nada.

Procuro atrás dos quadros e porta-retratos.

Nada.

— E aí, Mel?

— Nada, Gil!

— Vai, Mel, continua! Procura! Procura!

Começo a procurar em tudo, atrás de almofadas e até nos vasos de plantas.

"Não acredito! Encontrei!"

Eu começo a falar alto.

— Encontrei! Encontrei! Olha aqui, Gil!

— Onde estava, mel?

— No vaso de planta!

— Não acredito! Quem é guarda um vibrador num vaso de plantas?

— O veado do Leonardo!

Eu estou mostrando para a Gil o vibrador em pé, na minha mão, quando o Leonardo chega de cueca na sala.

— Mel! O que você está fazendo aqui? O que é isso?

Eu me sinto indignada e ao mesmo tempo vitoriosa, em posse do meu vibrador.

— O que é isso, pergunto eu, senhor Leonardo!

— Como você entrou no meu apartamento, Mel?

— Por que você pegou meu vibrador, Leonardo?

— Eu, o quê?

Eu mostro o vibrador para ele.

A Gil, estática, do lado de fora da janela, de boca aberta.

— Meu vibrador, Leonardo, como ele veio parar na sua casa?

— E eu vou saber, Mel, eu estou querendo saber como você entrou aqui, foi pela janela?

Leonardo olha para a janela e vê a Gil do lado de fora.

A tonta sai correndo.

— O que está acontecendo aqui, Mel, pelo amor de Deus?

A terceira busca pelo vibrador

— Pelo amor de Deus, digo eu Leonardo, por que você pegou meu vibrador? Você é gay?
— Eu, o quê?
Eu aponto o vibrador na cara dele e ele se afasta.
— Leonardo.
— Mel.
— O que meu vibrador estava fazendo enfiado no seu vaso de planta?
— Como assim, Mel? Eu nunca vi esse negócio antes.
— Esse negócio estava na minha casa, Leonardo. E sumiu desde que eu comecei a ficar com você.
Eu balanço o pé e aponto o vibrador na cara dele outra vez.
— Eu não faço ideia do que você está falando, meu amor.
Leonardo tenta me beijar e, apesar da confusão, vejo que sua parte baixa já está bem empolgada.
— Dorme comigo, galega, saudade de você, minha doidinha.
Eu continuo questionando e exijo uma explicação, enquanto Leonardo parece não compreender nada do que estou falando.
— Se explica, Leonardo.
Ele tenta me agarrar e nem ouve o que estou dizendo.
"Ou ele é um ótimo ator, ou o vibrador criou pernas e atravessou o condomínio sozinho."
— Leonardo, eu vou embora!
— Vai não, amor.
Ele me pega com o braço, segurando toda a minha cintura por trás de mim e começa a morder o meu pescoço.
Meu corpo se arrepia inteiro.
Ele se esfrega em mim e me pega de cima a baixo.
"Ai, meu Deus, que vontade de ficar."
— Para, Leonardo.
Ele continua beijando, mordendo meu pescoço e puxa o meu cabelo, gemendo em minha orelha.
— Eu quero você, minha deusa, fica comigo.
Sinto o ar quente de sua boca em todo o meu pescoço.
"Pqp. Foco, Mel!"
— Leonardo, eu vou embora!
Vai não, galega.
— Vou sim! Enquanto você não me der uma explicação sobre como o meu vibrador veio parar na sua planta, não vou mais ficar com você!
Eu vou me desvencilhando das mãos mais hábeis que já vi na vida.
— Amor, galega, deusa, eu não consigo ficar sem você!
— Então descubra como o meu vibrador veio parar na sua casa e me conta!
Eu viro em direção à janela para sair.
— Ô, ô!
Penso melhor. Me viro!
Sigo para a porta da frente!
O Leonardo fica com as mãos na cintura e de cueca cheia me vendo ir embora.

Deu Match!

Com pose!
"Porque eu sou chique!"

Chego em casa, em posse do meu vibrador e a Gil no sofá, lendo a bíblia.
— Gil!
Ela continua lendo.
— O que você está fazendo, Gil?
— Rezando por você, irmã, que você está precisando.
— Eu?
Ela ri.
— Você está precisando mais do que eu.
— Pior que devo estar mesmo, Gil, Pqp.
Eu bufo.
— E aí, o que aconteceu, Mel?
— Ele quis ficar comigo, Gil.
— Ui, por que não aproveitou?
— Gil!
— Mel!
Respiro fundo e sento. E confesso:
— Pior, que eu quase que fiquei mesmo, Gil. Que saudade de ficar com ele.
— Devia ter aproveitado, Mel. Lembra dele gemendo? Ui...
— Mas agora eu não sei se ele é *gay*, Gil.
— Mel, se fosse totalmente *gay*, não ficava com você toda hora.
— Mas e se ele for bi?
— E daí, Mel?
— Não sei, mas ele roubou meu vibrador para quê?
Eu pego o vibrador na minha bolsa e fico olhando. Passo a mão nele.
— O que ele falou?
— Não deu explicação nenhuma, Gil, parece que nem sabia do que eu estava falando.
— O que você vai fazer?
— Eu falei para ele, que enquanto ele não me der uma explicação, eu não fico com ele.
— É, Mel, não parece ter muita explicação mesmo.
A Gil pega o vibrador da minha mão e ela fica passando a mão nele.
— Eca, Gil, e se ele usou?
Ela joga o vibrador longe.
Eu olho o meu consolo no chão. Gil fica limpando a mão no sofá.
"Folgada!"
— Ai, amiga, ele me agarrou, eu fiquei morrendo de vontade de ficar por lá.
— Mel, você é uma vaca.
Rimos e eu deito no colo da Gil.
Vai vendo.

Crush nº 7

Chico

Nome	Chico
Idade	49
Signo	Leão ♌
Profissão	Diretor Multinacional
1º Encontro	Bar Morumbi
O que eu mais gostei?	Leonino
O que eu não gostei?	Mais um doido
Bom de 0 a 10	0
Galinha de 0 a 10	Não deu para saber
Bonito de 0 a 10	7
Peculiaridades	Doido
P, M ou G	Não sei e não quero saber. De quem sabe não tenho raiva, mas muito dó!

Deu match!

Perfil: *Curtindo a vida!*

Para variar, com as sumidas do Leo e agora a dúvida sobre ele ser bissexual ou não, vira e mexe, eu falo com alguém.
Eu ainda pretendo encontrar um relacionamento sério.
Eu quero um amor, gente, de verdade!
Será que tem nesse *app*?
A paquera começa.
E o cara gosta de postar frases em inglês!
Estou num restaurante, sozinha. Não custa nada mandar mais uma mensagenzinha.

[20:33] Mel: *How was the gym today handsome?*

Chico manda duas fotografias do abdômen sarado.

[20:36] Mel: Ui, *very good, I see.*

"Ui."
Conversinha mole aqui e ali.
Marcamos um encontro.
"Mais um, meu Deus do céu, será que presta?"
Vou ligar para a Gil, dessa vez ela vai de segurança sim.
"Ah vai."
— Quer que eu vá mesmo, Mel?
— Sim. Depois do encontro com o Preto Velho, não quero arriscar mais nada.

Crush nº 7

— Eu fico numa mesa do lado bebendo, Mel.
— É o bar de sempre, o que encontrei o Carlos.
Ela me corta e nem me deixa completar a frase.
— Encontrou o Carlos e todos os outros, né, Mel?
— Ah, Gil, e daí, o que é que tem?
— Nada, imagina, só todo mundo no bar que já te conhece, o dono, os garçons e a enorme possibilidade de ver todos os *crushes* no mesmo lugar, Mel.
— Eu não devo nada para ninguém, Gil.
— Você não tem criatividade, menina do céu.
— Vou aonde é mais fácil, Gil, não tenho compromisso com ninguém e não preciso me esconder.
— Mas não precisar cruzar com todos os outros *crushes* quando está conhecendo alguém, né, Mel?
— Gil, você vai, mas não me faça rir. Não é para o cara perceber que você está de guarda-costas.
— Até porque uma guarda-costas que nem eu ia custar uma fortuna.
— Gil, estou falando sério.
— Beijo, amiga, te encontro lá.
"Vaca linda."

No dia seguinte, à noite, chegamos no barzinho de sempre: área aberta e fechada. Esse mesmo! Onde me negaram o patrocínio e eu fui expulsa com a Gil!
"Calúnia atrás de calúnia!"
— Seja o que Deus quiser este novo encontro – falo e suspiro comigo mesma.
Eu sento numa mesa e a Gil na outra, um pouco distante.
Fico encarando ela séria e logo me manifesto:
— Sem ficar fazendo graça, Gil, por favor.
— Nhé, nhé, nhé — ela provoca.
"FDP!"
— Vaca!
— Eu? E a vaca sou eu ainda por cima?
Rimos.
Eu checo o celular.

[21:30] Chico: Oi Mel, já cheguei, cd vc?
[21:30] Mel: Na parte de baixo, estou de preto.

Gil me olha dando risada, mostrando o vibrador *pink* dela, embaixo da mesa.
Agora ela mostra outro vibrador, enorme, amarelo neon.

Deu Match!

"Eu vou matar essa traveca."
Agora ela fica batendo punheta com o vibrador 'aceso', fazendo caras e bocas para mim.
"Se concentre, Mel, não ria."
Mas eu não consigo.
"Filha da puta. Eu não acredito!"
A Gil põe uma bíblia em cima da mesa.
— Gil – eu falo somente com os lábios.
E a tonta fica me encarando com cara de inocente arrependida.
Eu faço sinal para ela parar.
O *crush* chega.
— Boa noite – o Chico cumprimenta.
— Olá, tudo bem?
É meio chato conhecer alguém pelo *app*, tirando os loucos que andei conhecendo, o começo é sempre igual: as mesmas perguntas, os mesmos constrangimentos, a lenga-lenga do caralho.
O cara pelo menos é bonito. Tem o nariz torto, mas passa.
— Gostei do barzinho, Mel, você vem sempre aqui?
 "Imagina, nunca."
— Sim, de vez em quando eu venho.
"Só quando conheço outros *crushes*."
— Vinho? Cerveja? – ele pergunta.
— Cerveja.
Chico faz sinal para o garçom.
"Garçom, por favor, não me reconheça. Ou finge que não me vê aqui quase toda semana com um *crush* novo, por gentileza"
Chico faz o pedido.
"Ai meu Deus, a Gil não para de fazer caras e bocas para mim, filha da mãe."
Assim, o Chico vai começar a perceber já, já.
— Você viu que tem um travesti ali? – Chico pergunta.
— Sério? Não, não vi não — respondo.
— Ali, olha, acho que está olhando para você, aliás.
— Não, não, impressão sua, Chico.
Chico fica olhando para o chão, para a direção dos meus pés.
— O que foi, algo errado?
Eu olho para ver se tem algo de errado com meus sapatos.
— Não, Mel, estou olhando seus pés, seu sapato, bonito.
— É um *scarpin* preto, normal.
— Posso ver seus pés?
"Como assim?"
— Como assim?
— Eu adoro pés! Tenho fetiche!
"Fetiche por pé? É isso mesmo?"

Crush nº 7

Fico olhando para ele e mal acredito. Mais um louco?

"Desse *app* só vem *crush* do hospício?"

O Garçom coloca a cerveja e copos na mesa.

Gil mostra o vibrador embaixo da mesa de novo. Daqui a pouco os garçons vão por ela para fora do bar outra vez.

"Eu vou fingir que nem conheço."

Eu fecho a cara para ela parar.

"Ufa, começou a dar em cima dos boyzinhos na outra mesa, ótimo!"

— Então, posso ver seus pés?

— Meus pés são feios, Chico, se isso era importante para você, deveria ter colocado no perfil.

— Mas você entende de pés? Talvez você pense que são feios e não são.

— Será? Então eu vou tirar o sapato rapidinho e você me fala.

"Fiquei curiosa, ué. Vai que eu tenho uma parte sensual no meu corpo, que não estou nem sabendo. Quero saber."

Eu tiro os sapatos e Chico parece enlouquecido ao ver meus pés descalços.

"Chulé não tem, doido, pode cheirar!"

A Gil, de boca aberta na mesa dela, olhando para a cena, enquanto o *boy* magia que ela arrumou está beijando seu pescoço.

"Tranqueira, essa se dá melhor do que eu. E sem aplicativo."

— Põe no meu colo, põe no meu colo!

"Oi?"

— Chico, como assim? Estamos num bar.

— Um só, vai, um só, deixa eu tocar seu pé.

"Que cara doido, pai amado."

A cara de tesão dele, pedindo para pôr um pé só, deve ser igual dos malandros pedindo para fazer sexo anal e dizendo que vai pôr só a cabecinha.

"Aposto que está de pau duro."

Gente, como tem doido nesse mundo. Ainda bem que a Gil está aqui. Bom.

"E agora? Arrisco!"

Eu ponho o pé direito no colo dele.

O cara começa a suspirar, gemer, enquanto toca o meu pé com a duas mãos e chega com a boca, prestes a beijá-lo inteiro.

"Ai, meu Deus, socorro, outra vez!"

A Gil, o cara que ela arrumou e o garçom que me viu aqui da outra vez com o Carlos, todos, olhando.

Eu puxo o meu pé do colo do cara.

— Deu, Chico, chega.

— Que pé maravilhoso, Mel – ele fala como se quase tivesse tido um orgasmo.

— Obrigada, eu acho.

— Eu vou ao banheiro, Mel, já volto.

"Será que não dá para chamar mais a atenção?"

Graças a Deus ele foi ao banheiro. Ufa.

Deu Match!

Respiro fundo e encaro a Gil.

Logo que ele sai da mesa, a Gil vem e senta na minha frente, questionando a bizarrice:

— O que foi isso, Mel?

— Gil, sai daqui.

— O cara é bonito, amiga, mas o que foi aquela coisa de pegar no seu pé?

— Não sei, é doido, mas sai daqui você também e para de graça, pelo amor, todo mundo percebe.

Ela finalmente sai. E fica com o *boy* olhando e piscando para mim.

"A Gil é foda."

O Chico demora.

Eu fico olhando o Instagram do Leo.

"Ai, que saudade do meu bunda fofa. Do Carlos também, a minha voz do caralho."

A Gil faz sinal, me perguntando do cara.

Dou de ombros.

Fico tomando minha cerveja e agora olhando no celular o Insta do Nº 5. Tem que checar, né?

Volto ao Insta do Nº 3.

"FDP do Leonardo, curtiu a foto dessa periguete, loira falsa do caralho."

Olho em volta e nada.

Encaro a Gil, que olha na direção do banheiro e dá de ombros para mim.

"Cadê o cara?"

15 minutos e nada.

Gil olha para mim e faz sinal que vai ao banheiro procurar o bofe.

Eu concordo.

Bem na hora, ele volta.

"Ai meu Deus, quase se trombam no caminho."

Chico se senta, todo suado.

— Está tudo bem, Chico?

— Agora está.

— Por quê? Passou mal?

— Tive que bater uma, né?

Eu fico de boca aberta.

"Meu D E U S!"

Não acredito que ele bateu punheta no banheiro e ainda me conta.

Eu fico de boca aberta, não consigo disfarçar. Gil percebe.

"Mas como assim foi bater uma? A gente acabou de se conhecer, pessoa."

Chico passa alguns guardanapos enxugando o rosto e o pescoço, como se tivesse feito a coisa mais normal do mundo. Toma cerveja, sorri e respira fundo.

— Ah, agora sim.

Eu não sei nem o que falar.

Olho para a Gil e peço socorro em pensamento:

"Gil, socorro, quero ir embora."

O cara começa a falar de trabalho, como se não tivesse feito nada demais.

Crush nº 7

"Ok, vou me concentrar na cerveja e na Gil. Que tiro foi esse?"
Eu só faço que sim e que não, sorrio de vez em quando, mas a vontade é de sair correndo.
"Pelo menos a Gil está por perto. Bem distraída, desligada e avoada, mas está aqui."
O tempo passa. Mais cerveja. O cara falando sozinho. Gil pegando na bunda do *boy*.
"Quero ir embora, esse cara não para de falar, não tem clima. Punheteiro."
Faço sinal para Gil ir ao banheiro comigo.
"Boa, Mel!" – penso comigo mesma.
Saio e respiro fundo. Preciso pensar em um plano de fuga.
"A próxima vez que o Leonardo sumir, me largar por uma suposta pizza ou roubar outro vibrador, chamo o Preto Velho e encomendo uma macumba para ele."
— Eu vou ao banheiro, Chico, já volto.
Levanto e caminho apressada, olhando para a Gil.
"Cadê o banheiro?"
Vazio, ufa. Fico na porta esperando.
— Cadê a Gil? Cadê a Gil?
Falo sozinha e olho no relógio do celular.
Respiro fundo e fecho os olhos por um instante. Abro.
Lá vem a Gil.
— Entra Gil, entra!
Ela entra e eu fecho a porta.
— O que foi, Mel?
Ela está cambaleando, de tanto que bebeu.
— Eu quero ir embora, Gil. O cara bateu punheta a hora que foi no banheiro, você acredita?
— Danadinho.
— Gil!
— Ué, quer que eu diga o quê?
— Eu quero ir embora.
— Então vai, Mel.
— Me ajuda, Gil.
— Como?
— Sei lá.
Chico vem atrás de mim e começa a bater na porta do banheiro e fala bem alto:
— Mel, está tudo bem? O que esse travesti está fazendo aí com você? Não deixa ele pegar no seu pé! Vou chamar o segurança.
— E agora, Gil?
— Não sei.
Gil dá de ombros.
"E agora?"
Eu abro a porta.
Ela bêbada, não valoriza o problema chamado Chico.
— Não, não precisa chamar segurança, Chico.
Ele entra correndo e fecha a porta.

Deu Match!

— O que vocês estão fazendo aqui? Quero fazer também.

— Não, eu já estou indo embora, preciso ir, Chico.

— Vai nada, Mel.

Chico fica de joelhos e arranca meus sapatos e começa a lamber meus pés.

— Para Chico, para.

Gil empurra o Chico para ele parar com a lambeção.

— Para de lamber o pé dela, para, para.

A Gil chacoalha ele, o puxando pelos ombros.

"Cara, parece um cachorro, que nojo."

Eu faço sinal para a Gil sair.

"Respira, Mel, 1, 2, 3, 4."

A Gil abre a porta e eu saio correndo, sem sapatos.

— Corre, Gil, vamos embora!

O pessoal no barzinho fica olhando.

"Já vi essa cena, nesse mesmo lugar!"

O Chico vem correndo, com meus sapatos nas mãos.

"Mais um correndo atrás de mim? É isso mesmo?"

Estou com medo de criar fama na região. A fugitiva do Morumbi.

Eu corro até o carro, descalça.

— Correndo até o carro de novo, Mel? – pergunto a mim mesma.

"Que vergonha, já está virando praxe!"

Olho para trás.

— Corre Gil!

— Estou correndo, Mel, vai.

A gente chega no estacionamento e entra correndo no carro.

Eu entro, mesmo sem sapato e coloco a chave na ignição.

— Liga o carro, Mel, vai.

A Gil se matando de rir.

— Para de rir, Gil.

Eu consigo ligar o carro.

— Vai, acelera, vai, vai.

O Chico vem na nossa direção com os meus sapatos nas mãos e gritando:

— Mel, Mel, não vai embora.

"Socorro, vou sim!"

— O que é isso, Gil do céu?

— Vai embora, Mel.

O Chico joga um sapato atrás do outro no carro.

— Meu sapato é novo, que merda.

— Fdp! – a Gil grita.

"Vontade de passar com o carro por cima dele, sabe quanto custa um *scarpin*?"

Rimos muito, indo embora.

— Que tiro foi esse, Mel do céu?

Crush nº 7

— Cara doido, que isso.
A Gil tira a bíblia da bolsa e coloca no painel do carro.
— Olha! Para você!
— O que é isso, Gil?
— Sua bíblia?
— Minha?
— Você anda tão devota, que nem percebeu que eu peguei da sua casa.
— E pegou para que, Gil? Vai se converter?
— O vibrador você percebeu que sumiu, né?
Ela cai na risada.
"FDP!"
— Levei mais de um mês para perceber.
— A bíblia ia levar um ano, Mel.
"Pior que ela está certa e eu tento disfarçar."
— Vai se converter, então, Gil?
— Quem sabe?
— Primeiro vai ter que deixar de ser mocinha, sabia?
— É, melhor deixar para lá, então. Pega, que o livro é seu.
— Sei.
A Gil mexe na bolsa, pega uma bolsinha menor e depois começa a enrolar um cigarro de maconha.
— Gil, você não vai fumar do meu lado de novo, pode parar. Eu passo mal.
— Dá a volta, então, me deixa lá com o *boy*.
— Louca!
— Louca você. Como você atrai tanto louco pelo aplicativo? Nunca vi isso.
— Ai Gil, socorro, nunca aconteceu com você?
— Nunca.
— Sério, Gil?
— É só com você, Mel.
— Mentira, Gil.
— Fizeram macumba para você, Mel, só pode.
— Será?
— Fala com o Preto Velho!
Ela ri.
"Desgraçada!"
Ela balança a cabeça para os lados, toda séria.
— Se benze, amiga.
"Eu dirigindo, tentando me recuperar da situação e a Gil querendo voltar para ficar com o boyzinho."
Eu dou a volta e chego de novo perto do bar.
— Tem certeza? E se o Chico estiver aí ainda?
— Eu me viro, amiga. Vai embora!

Deu Match!

— Vamos dar uma olhada, se meu sapato está por lá.
Passo com o carro devagar, e nada.
— Acho que ele levou como *souvenir*, Mel.
— Ai, tá bom, amanhã a gente se fala.
Ela pega a bíblia.
— Deixa a minha bíblia aqui, Gil!
— Por quê, Mel?
— Por que o que, Gil? O que você quer levando a minha bíblia no bar?
— Fazer pose de santa.
— Ah vá, Gil, e você acha que uma bíblia embaixo do braço é o suficiente?
— Tá, fica com ela então, mas vai ler então, ao invés de deixar de enfeite.
— Por que você quer que eu leia, Gil?
— Para agradar o pastor, que tal?
— Tchau, Gil!
— Mais nada, Mel?
— Tá. Obrigada!
Damos um abraço e eu vou embora.
"Eu vou me benzer. De novo."
Providenciar: água benta, sal grosso, um terço, lenço ungido e um colar de orixás para fechar o corpo.

Crush nº 8

Gustavo

Nome	Gustavo
Idade	46
Signo	Sagitário ♐
Profissão	Diretor Multinacional
1º Encontro	Bar Morumbi
O que eu mais gostei?	Muito aberto, fala tudo!
O que eu não gostei?	Galinha
Bom de 0 a 10	8
Galinha de 0 a 10	10
Bonito de 0 a 10	9
Peculiaridades	Sincero!
P, M ou G	G

Deu match!

Perfil: *Me divertindo horrores!*

Partiu novo *crush*!
Entre uma frustração e outra, um *crush* doido e mais outro, lá vou eu, tentar mais uma vez.
Gustavo é muito bonito, cabelos grisalhos, sagitariano e pasme: transparente.
"Oi? Existe alguém que fala a verdade por aqui? Amei!"
"Tá bom, vai, é o mesmo bar, eu sei, eu não tenho vergonha na cara mesmo."

[20:15] Traveca: Ai, amiga, hoje eu não vou.
[20:16] Mel: Mas eu preciso de vc, Gil!
[20:17] Traveca: Se der xabu, eu vou!

"Não, não sejamos negativas, vai ser bom!"
Eu estou no mesmo bar de sempre.
Respiro fundo e sinto um bem-estar com o frescor dessa noite.
"Tomara que o garçom não se lembre de mim."
— A senhorita quer fazer o pedido?
— Ainda não, obrigada, estou esperando um amigo.
"Ai meu Deus."
Ele fica me encarando com um sorrisinho de canto.
"É que tenho vários amigos, senhor garçom, é isso."
Ele faz cara de cínico, levantando as sobrancelhas.
"Ai ai, muitos amigos, sabe? Por favor, não me reconheça."
Ele dá mais um sorrisinho de canto.
"Caralho."

Crush nº 8

[19:41] Gustavo: Oi, doida.
[19:42] Mel: Adorei o doida.
[20:17] Gustavo: Desistiu?
[20:17] Mel: *Dear*. Tô aqui. Cd vc?
[20:18] Mel: Estou na parte de baixo do deque, de preto.

"Putz, já vi esse filme antes: o mesmo bar, a mesma mesa, a mesma cor de roupa, o garçom de sempre. A Gil tem razão, eu devia me dar ao trabalho de ao menos trocar de lugar."

[20:18] Gustavo: 2 min.
[20:18] Mel: Que gafe! *Dear director, don't do that.*
[20:20] Mel: Vc está concorrendo a vaga de MEU diretor.

Gustavo chega e dá para perceber de imediato a ótima aparência. Só não é tão alto quanto menciona no *app*.
"Gente, sobre altura e peso não adianta mentir, como 'otras cositas mas', a gente olha ou sente. Mas tudo bem, tantas qualidades, que alguns centímetros não devem fazer diferença. Calma, falando só da altura mesmo."
A gente se cumprimenta.
— De onde eu te conheço, Mel?
— Me conhece? Eu não te conheço.
— Ah, conhece sim.
— De onde?
— Você não é filha do pastor?
"A i, m e u   D e u s!"
Eu engulo seco e fico sem fala.
— Eu conheço seu pai.
Eu continuo muda.
— Seu pai sabe que você usa o aplicativo?
— Não!
Ele ri.
— Não esquenta, eu não vou contar para ele.
— Muito obrigada!
"Era só o que me faltava."
— De onde você conhece meu pai?
— Da igreja, oras.
— Hum.
Começamos a conversar a lenga-lenga de sempre, até que o papo vai ficando bem interessante.
"Que homem lindo!"
— Já teve semana que eu saí com uma mulher por dia.
— Valeu pela sinceridade, fico feliz que me diga.

Deu Match!

— E tenho algumas fixas, que me batem porque eu fico com várias e não me decido.
— Batem como, Gustavo?
— No rosto, na bunda, de chicote.
— Chicote?
Eu rio alto.
— Eu não pretendo fazer parte da sua coleção, tá?
— Mas eu adoraria ficar com você, Mel.
— E vai contar para o seu amigo pastor?
— Lógico que não.
— Não vou ficar.
"Mas bem que gostaria, que homem lindo e interessante. Pena que é tão confuso e galinha!"
— Que pena, Mel.
— Mas eu faço questão de entrevistar você para o meu livro.
— Livro? Que livro?
— Eu estou escrevendo um livro sobre o uso do aplicativo.
— Tá brincando, Mel?
— Sério!
Bebemos um pouco e mudamos de assunto.
— Teve uma moça que ficava me chamando de "véio".
Damos boas risadas.
Meu celular vibra.
— Um momento, Gu!
"Gu? Que íntimo!"

[22:02] Traveca: Td certo por aí?
[22:05] Mel: Sim, ufa, dessa vez o cara é normal.

Eu estou tranquila no bate-papo, quando de repente eu vejo o doido do *Crush* nº 2.
"Meu Pai, socorro, o doido está de *Habeas Corpus*! O que eu faço? Onde eu me escondo?"
Gelo! Fico sem fala. Minha respiração para e eu sinto o suor frio descendo na nuca e as mãos trêmulas, geladas.
"Cadê a Gil? Socorro!"
— Está tudo bem, Mel?
— Não.
Gustavo olha atrás dele e percebe que estou nervosa.
— O que foi, Mel? Qual o problema?
Eu respiro fundo e fico de cabeça baixa.
— Aquele cara alto ali atrás, eu conheci no aplicativo, mas ele é meio louco, Gustavo. Não quero que ele me veja.
— Calma, eu estou aqui com você.
Gustavo olha de novo para trás e percebe o demônio me assustando.
O Roberto me vê, dá um sorriso enorme e vem andando na minha direção, me encarando.

106

Crush nº 8

— Ah, Mel, é assim, né? Você abandona nossos planos e já está com outro?
Gustavo olha para mim e para o Roberto e se levanta, se posicionando na minha frente.
— Olha, cara, não sei o que houve entre vocês, mas ela está comigo agora.
"Ui, isso, meu herói, me proteja, por favor!"
O Roberto reage:
— A Mel é apaixonada por mim, cara, mas ela tem medo de se entregar e fica saindo com outros.
"Oi? Eu o quê?"
— Como? – pergunto – você é louco!
— Você está apaixonada por ele, Mel?
— Claro que não, Gustavo.
Roberto olha para mim, depois fica com a mão na cintura, encarando o Gustavo.
— Acho melhor você deixar a Mel sossegada aqui comigo, estamos juntos.
Roberto bate as duas mãos na perna, respira fundo e sai de perto da mesa.
"Ufa."
Eu suspiro e sorrio, de alívio.
O Roberto fica olhando de longe, mas o medo vai embora.
"Pervertido, doido, louco, tarado!"
— Obrigada, Gustavo.
— Imagina, onde estávamos mesmo?
— Nas loucuras que você faz no *app*.
Eu finalmente estava bem de novo, quando do nada, o doido se aproxima com outra pessoa.
— Quero te apresentar meu pai, Mel!
— Olá Mel, tudo bem? Eu sou o pai do Roberto, linda.
"Criatura, o pai do doido."
Expiro o ar que travou no peito.
"Sim, deu para ver pelo volumão das calças."
Eu fico muda, olhando para o pai do Roberto, sem saber o que dizer, enquanto o Roberto fica com um sorriso de orelha a orelha e o Gustavo olhando para a minha cara.
— O que está acontecendo aqui, Mel?
— Não sei, Gustavo.
— Sabe sim, Mel, você não queria conhecer meu pai?
— Não.
— Ah, queria sim, Mel, não adianta querer enganar o bonitão aí.
— Estou aqui, Mel, sou todo seu – o pai do Roberto diz, colocando a mão no volumão.
"Cristo, onde eu me escondo?!"
O Gustavo olhando para minha cara e eu sem saber o que dizer.
— Agora já me conhece, Mel, quando quiser, pode me ligar.
O volumão me dá um beijinho e me entrega um papel com um número de telefone.
"Pai amado, mais doido que o filho."
— Como o senhor pode ver, eu estou com outra pessoa.

107

Deu Match!

Ele olha o Gustavo de cima a baixo e levanta as sobrancelhas, balançando a cabeça de um lado para o outro.
— Tem gosto para tudo. Imagina trocar eu e o meu filho por isso.
— Dois ainda por cima, Mel. Somos dois! – o Roberto acrescenta, fazendo sinal com dois dedos da mão direita.
"Dois! Dois! Dois loucos, isso sim!"
— Pois é, mas é com ele que eu quero ficar – eu digo apontando para o Gustavo.
— Vamos embora, filho, a Mel vai ligar para a gente depois, você vai ver como vai.
É sina, eu não posso vir a este bar sem passar nenhum vexame? Sina, mandinga, como é que quebra este encanto?
"Cadê a Malévola?"
Eles saem da mesa e vão para o outro lado do bar, mas continuam me encarando.
"Pai amado, me socorre."
— Me desculpe, Gustavo, eu não tenho explicação para isso. Vi o cara uma vez na vida."
— Não tem que se desculpar. Vamos embora?
"Ufa!"
— Vamos.
Já é tarde.
Gustavo paga a conta.
Vai vendo.

Indo para o carro, Gustavo me agarra no meio do caminho.
"Ui, socorro!"
— Gustavo, eu disse que não quero ficar com você, para.
— Paro nada, você é linda.
Ele me joga contra um muro e beija meu pescoço, passa a mão no meu corpo, beija minha boca, ele não para.
— Eu não vou contar para o seu pai.
"Que pegada, Benzadeus!"
— Independentemente disso, você já tem um monte de mulher.
— Mas nenhuma delas é você, Mel.
"Bom, pelo menos ele é bonito e parece normal, bora aproveitar um pouco."
Mas como quase tudo que é bom dura pouco, logo vem o Roberto e nos aborda de novo.
"Não..."
— Mel, eu não acredito que você deixou de ficar comigo, para ficar com esse cara.
Eu, apavorada de novo e quieta.
"Já deu, não, doido?"
Gustavo reage:
— Cara, vai embora, ela está comigo e vai continuar assim.

Crush nº 8

Roberto insiste.
— Tudo bem, Mel, se você não quiser mais transar com meu pai, eu aceito.
— Quê? – eu digo.
— Oi? Você ia transar com o pai dele, Mel?
— Claro que não, Gustavo, isso é coisa dele.
— Ia sim, ela adorou o pau do meu pai.
Gustavo ficou olhando com cara de uó para mim.
"Vergonha, vergonha, vergonha!"
— Eu nem conhecia o pai dele, Gustavo, eu juro.
Faço sinal para um segurança do bar.
"Esses já devem olhar para mim e saber que vai ter treta!"
— Chamei o segurança, Roberto, por favor, vá embora.
— É, já conheço essa história, Mel.
— Vá embora, Roberto, só isso.
— Vai na boa, cara – o Gustavo reforça.
O segurança chega e o Roberto desiste. Sai, esbravejando e gesticulando.
— Eu vou, Mel, mas não esqueci você.
— Tchau, Roberto
O doido do pai dele chega e abraça o filho, que começa a chorar.
"Jesus Cristo, o que é isso?"
— Como assim, Mel? O cara está chorando.
— Eu não sei, Gustavo.
"Corro para o carro, antes que ele venha atrás de mim de novo com o outro com volumão no meio das pernas."
Gustavo corre atrás de mim e entramos no carro.
"Eu joguei pedra na cruz e fiz *selfie*. Não é possível!"

Eu e o Gustavo estamos dentro do carro dele.
— Eu não quero demorar, Gustavo. Esse tipo de coisa me faz querer voltar correndo para minha casa.
— Eu entendo, você já vai, Mel, não se preocupe.
Respiro, aliviada.
"Acho que agora estou segura. Será?"
— Me desculpe por isso Gustavo, o cara queria namorar comigo, mas ele curte suruba em família e eu pulei fora na hora.
"Safadeza deve ser genética, doideira."
Vai vendo.
O Gustavo ri.
"Também, depois desse sufoco."

Deu Match!

— Pô, Mel, mas como assim, não curte suruba? Ia te convidar agora para ir lá em casa transar comigo e com meu pai.
— Nem brincando, por favor.
— A gente lê a bíblia antes.
"Qual o problema desse povo com a bíblia?"
— Hum.
— Mel, falando sério, eu me sinto como se estivesse numa sessão de terapia com você.
— Por que, Gustavo?
— Eu me sinto compreendido.
— A gente se conheceu faz poucas horas, como isso é possível, Mel? Eu nunca vi isso.
— Eu preciso ir embora, Gustavo.
— Não, fica, Mel. Por favor.
— Eu quero ir, Gustavo.
— Não, Mel, eu só quero conversar com você, você parece uma psicóloga, a melhor que eu já tive.
— Ai, ai – suspiro e fico olhando para ele, que volta a falar dele mesmo.
— Como você acha que eu posso melhorar as minhas relações com as minhas amantes?
— Que tal ser sincero, Gustavo?
— Mas eu já sou, Mel!
— Então tem que começar com você mesmo.
— Como assim, Mel?
— Pense no porquê de você precisar de tantas mulheres para se sentir satisfeito como homem, ao invés de uma única mulher com as melhores qualidades para você.
Ele põe a mão no queixo e fica me olhando sem se mover.
— O que você acha, Mel?
— Provavelmente você está repetindo um comportamento de forma inconsciente, talvez algo que venha do seu pai.
— Uau! Meu pai tinha mesmo várias amantes, Mel, a vida inteira, nem sei como minha mãe aguentou.
— Coitada, deve ter sofrido.
— Sofreu mesmo.
— E você está repetindo isso, Gustavo?
— Não sei, Mel.
— Pense nisso nos próximos dias.
Conversa vai, conversa vem e eu continuo querendo a minha casa, a minha cama, o meu lar e silêncio. No máximo a Gil me enchendo o saco.
Ele continua falando e eu fico olhando para ele, mas pensando:
"O Gustavo tem quase todas as características que eu quero num homem, principalmente a sinceridade. Mas a sua fase de pegador não me atrai. Na verdade, ele foi o único, até o momento, sincero, me evitando desperdício de tempo, além de mais uma frustração por um *Crush* malsucedido."
Adorei o Gustavo! Mas...
— Vou embora, meu anjo! A gente se fala!
Hora de partir.

110

Crush nº 8

No dia seguinte, a choradeira do Gustavo, por telefone:
— Por favor, Mel, seja minha terapeuta! Eu pago você!
— Gustavo, eu não sou terapeuta, sou escritora.
— Mas você foi a pessoa que mais me entendeu até hoje.
— Mas eu não sou profissional, Gustavo.
— Por favor, Mel, por favor, por favor.
— Tá bom, Gustavo, você me paga então e a gente se fala uma vez por semana.
— Viva!
"Deve estar apanhando muito das *crushes*, safado."

[10:29] Gustavo: Precisamos marcar minha consulta. Que tal toda quinta às 19h? Bj.

"Então é isso? Quando eu encontro um cara lindo, que parece transparente, eu viro terapeuta?"
Será que ninguém se dá conta da gravidade da minha situação?
Quem precisa de terapeuta sou eu!
Psicólogo, psicanalista e um psiquiatra!
E um amor, *please*!

Eu não sou gay!

Noite, em casa, pensando na morte da bezerra, quando meu celular vibra.
"Quem será? Leonardo?"
Pego o celular e vejo.
"É o Leo bunda fofa."

[23:02] Leonardo: Mel! Eu vou provar para você que não fui eu que peguei seu vibrador!

"Como ele vai provar isso?"

[23:03] Mel: Ótimo! Prove mesmo!
[23:04] Leonardo: Estou descendo aí. Liga o computador!

"Oi?"

[23:05] Mel: É sério isso, Leonardo?
[23:05] Leonardo: Liga o computador, já estou chegando.

Oremos...

Nem deu tempo de me arrumar.
Também, só vou ficar com o Leonardo, depois de ele provar, sabe se lá Deus como, que não foi ele que roubou meu vibrador.
O interfone toca e eu libero a entrada.
"Sem gracinhas hoje, senhor porteiro, por favor, estamos no meio de uma situação delicada hoje."
A campainha toca.
Eu abro a porta e o Leonardo nem fala oi. Me entrega um *pendrive* imediatamente.
— Oi, entra – eu digo.
"Que cara de bravo. Ui."
Ele entra.
Agora ele fica encarando a bíblia em cima da mesa.

Deu Match!

"Mas que p#$$@."

— Você está lendo a bíblia, Mel?

— Não, meu pai que deixou aqui para mim.

— Sei.

— Por quê? Algum problema com a bíblia, Leo?

— Acho que você devia ler ela, Mel, pode fazer bem para você.

— Sei.

Leonardo faz sinal com a sobrancelha para o *pendrive* na minha mão.

— O que é isso, Leonardo?

— Coloca no computador para você ver, Mel.

Ele está sério.

"Ok, vamos lá, então."

Eu coloco o *pendrive* no *laptop* e sento no sofá. Ele se senta ao meu lado.

O Nº 3 respira fundo e me encara.

— O que é isso, Leonardo?

— A prova que você queria, Mel.

Eu abro a pasta do *pendrive* e tem três arquivos de vídeos dentro dele.

— Abre o número um primeiro, Mel.

Eu olho para o Leonardo sem entender nada.

Duplo clique.

Um filme em preto e branco começa.

"Parece as ruas do condomínio."

— É o condomínio, Leonardo?

— É, este primeiro é o da sua rua, que sai da sua casa e vai até a minha. Presta atenção.

"Nossa, ele se empenhou mesmo."

De repente, eu me vejo no vídeo, andando, de *baby doll* e salto alto com alguma coisa na mão.

— Mas essa aqui sou eu?

— É, Mel, não está vendo?

— Mas eu não lembro de nada disso.

— Você não é sonâmbula?

"Ai, meu Deus!!!"

— Às..., às vezes.

— Às vezes, Mel?

Eu olho para o vídeo e me vejo caminhando até o fim da rua, rebolando e as vezes gesticulando, com o "próprio" na mão. O meu vibrador roxo em riste! Pracaba.

"Não acredito no que estou vendo!"

— Abre o outro vídeo agora, Mel.

"Socorro, onde eu me escondo agora?"

Toco o *mouse* lentamente querendo morrer com a situação e não abrir mais nada de vídeo.

— Vai, Mel. Abre logo!

Eu enrolo um pouco mais, não querendo abrir de jeito nenhum.

114

Eu não sou gay!

— Agora você vai ver, Mel, você não queria uma prova?
Eu finjo não conseguir lidar com o *mouse*.
— Clica logo, Mel!
"Vergonha, vergonha, vergonha!"
Duplo clique.
Um vídeo da janela da sala do Leonardo: sou eu pulando a janela do Leonardo com o vibrador na mão.
"Ai, meu Deus, diga que você não viu os vídeos do último mês do condomínio."
— Quantos dias você ficou checando esses vídeos Leonardo?
— O suficiente para descobrir isso, Mel!
— Você trouxe todos os vídeos que achou?
— Você queria mais, Mel?
"De jeito nenhum. Eu e a Gil engatinhando nas suas janelas, não, não. Não precisa. Obrigada."
— Não.
— Olha, Mel, a bagunça que você faz, meu amor.
— Mas, mas, nesse dia, você viu isso acontecendo Leonardo? Você viu isso?
— Claro que não, Mel, eu estava dormindo, eram duas horas da manhã.
— Meu Deus do céu... e eu atravessei o condomínio nesses trajes com um vibrador na mão?
"Que vergonha, pelo menos a pose até está *sexy*."
— E os seguranças, não fizeram nada?
— E eles iam fazer o que, Mel?
— Não sei, me impedir?
Ele me olha bufando.
— Mel, abre o último vídeo.
"Ai meu Deus, tem mais?"
— Tem mais, Leonardo?
— Tem.
Pego o *mouse* e mexo, sem querer mexer.
— Vai Mel, abre, agora você vai ver, até o final!
Duplo clique.
Olho a imagem de boca aberta.
Eu descendo a rua do condomínio ainda de *baby doll* e com duas garrafas de vinho na mão.
— Oi? De quem são esses vinhos?
O Leonardo levanta, ainda com cara de sério.
— Você me deve duas garrafas de vinho, Mel!
Ele me encara alguns segundos e vira em direção à porta, bravo.
Eu fico sem reação.
"Estou tonta!"
E vai embora!
"Mas como assim??? Ele está bravo comigo? Eu não tive culpa, sou uma vítima de sonambulismo."
— Respira, respira, respira.
"Ai... meu... Deus... 1, 2, 3, 4..."

115

Deu Match!

— Respira, Mel!

"Cadê meu telefone?"

Ligo para a Gil!

"Ela não vai acreditar nessa história. Nem eu acredito ainda!"

Conto tudo para ela.

— Você vai ter que se desculpar, Mel.

— Sério, Gil?

— Lógico, Mel, pelo menos disso ele não tem culpa.

"Que vergonha."

Vai vendo.

Confusão atrás de confusão.

Eu decido me desculpar.

[23:59] Mel: Leonardo, me desculpe pela história do vibrador. Eu não podia imaginar que estava tendo ataques de sonambulismo e estava andando pelo condomínio. Me desculpe. Saudades de você!

Vácuo!

"FDP."

Agora eu ajudei o tranqueira a virar o jogo contra mim.

"Parabéns, Mel: gol contra!"

Crush nº 9

Jeferson

Nome	Jeferson
Idade	47
Signo	Aquário ♒
Profissão	Empresário
1º Encontro	Bar Morumbi
O que eu mais gostei?	Bonito
O que eu não gostei?	Mais um doido
Bom de 0 a 10	Não deu para saber
Galinha de 0 a 10	Não deu para saber
Bonito de 0 a 10	9
Peculiaridades	Ladrão
P, M ou G	Não sei, não quero saber, tenho raiva de quem sabe!

Deu match!

Perfil: *Eu sei a diferença entre "mas" e "mais, entre "mau" e "mal", entre "agente" e "a gente" e não falo "para mim fazer". 1,92m. Sem paciência para pessoas que mentem ou não mostram o rosto.*

Domingo de manhã.
Eu tento ligar para a Gil e ela nem responde.
Falo sozinha:
— A vaca, como ousa dormir e me abandonar?
Vai vendo.
— A vida acabou para mim?
Abro o aplicativo.
Após uma madrugada escrevendo, desânimo e insônia, além do mal entendido com o Leo, tem mensagem no *app*:

[10:01] Jeferson: Olá Mel, bom dia, tudo bem?

"Quem é esse, meu Deus?"
Caraca!
Primeiro ponto de atenção, eu confesso: 1,92m e as fotos são bem bonitas.
Segundo ponto: Sem paciência para pessoas que mentem.
Bingo!
— #Partiu Nº 9!

[10:10] Mel: Bom dia, homem bravo e bonito.
[10:14] Jeferson: Não sou bravo, não.

Crush nº 9

[10:15] Mel: Que signo vc é, vamos descobrir já.
[10:15] Jeferson: Aquário.

"Pqp, mais um aquariano?"

[10:17] Mel: Olha, é meu paraíso astral, sabia? Kkkk.

"Que inferno? Para, como é que volta e apaga a msg?"

[10:17] Jeferson: Qual a programação para o domingo?
[10:21] Jeferson: Já tomou seu café da manhã?

Conversa vai, conversa vem, mais um aquariano para a planilha do Excel.
Fo-deu.
#partiucafénapadaria

Em menos de uma hora, eu estou na minha padaria preferida, esperando o *crush* Nº 9 chegar.
"Ai, meu Deus, acho que é ele!"
Vejo um homem moreno bem alto se aproximar. Olhou pra mim!
"É ele mesmo!"
Suspiro.
"E não é que ele é alto mesmo? Bonito, mas um pouco grande demais, até para o meu gosto."
— Oi Mel, bom dia.
— Você é alto mesmo, hein? Prazer.
Nos abraçamos.
"Ui."
Jeferson é bonito. Não tem a voz do caralho do Nº 5, mas é mais alto do que ele.
— E então você mora em Limeira? E faz o que em São Paulo agora?
Ele sorri.
— Bom, neste momento, na padaria, tomando café com você.
— Fala sério, me conta, Jeferson.
— Ah, eu tenho uma empresa e viajo bastante.
— Entendi. E o que você procura no *app*?
— Curto conhecer pessoas.
— Então, nada sério?
— Ah, pode até ser, se rolar algum dia.
Papo vai, papo vem.

Deu Match!

"Esse parece para casar. Quem disse que eu quero?"
De repente, meu pai entra na padaria. Com a bíblia embaixo do braço.
— Ai, meu Deus!
— O que foi, Mel?
— Meu pai acabou de entrar na padaria.
— E o que é que tem?
Eu respiro fundo.
"Verdade, não estamos fazendo nada demais."
— Finge que é meu amigo, Jeferson.
— E o que mais eu seria?
Ele ri.
Meu pai me vê e segue sorrindo na minha direção.
— Bom dia, filha!
"São Paulo é um ovo, meu Deus do céu."
— Bom dia, pai.
Ele fica olhando para a cara do Jeferson, esperando ser apresentado.
— Esse é o Jeferson, pai, meu amigo.
— Muito prazer, Jeferson.
Eles tocam as mãos.
— Te entregaram a bíblia que eu deixei no seu condomínio?
— Sim!
Jeferson fica olhando.
— Quando é que você vai para a igreja, filha?
— Não sei, pai.
Ele olha para o Jeferson.
— Leva o Jeferson, Mel!
O Jeferson fica olhando para mim e depois volta os olhos na direção do meu pai.
"Vergonha, vergonha, vergonha."
— Quer ir à minha igreja, Jeferson?
— Sua igreja, senhor?
— É, é que eu sou o pastor da igreja aqui do bairro.
— Verdade?
— Sim.
— Meus parabéns!
— Obrigado!
"É tudo o que eu queria para um primeiro encontro, meu pai convidando o *crush* para ir para a igreja."
Meu pai fala um pouco sobre onde fica a igreja e finalmente decide ir embora.
"Ufa!"
— Bom, eu vou indo. Vou pegar meu pão e vou embora.
— Tchau pai.
— Bom café para vocês!

120

Crush nº 9

— Obrigado!

Eu respiro fundo e fico quieta, observando meu pai pegar o pão.

— Está tudo bem, Mel?

— Tá sim, Jeferson. Só estou esperando meu pai sair da padaria.

— Por quê? Ele não fez nada demais.

— Eu sei, mas fico mais à vontade.

Acompanho ele com os olhos indo até o caixa com o saco de pães na mão.

Ele vira e dá tchau.

"Ufa de novo."

— Onde a gente estava mesmo, Jeferson?

— Ah sim, claro.

— Não me lembro, Jeferson, vai ter que me ajudar.

— Então, tem uma coisa que eu faço em todos os meus encontros, Mel.

— Sério? O quê?

"Ai, não, cadê meu pai? Cadê a bíblia?"

— É uma espécie de ritual.

"Meu Deus do céu, que medo."

O ar some, os ruídos cessam, o tempo para!

As experiências anteriores me deixaram bem traumatizadas, apesar do lado cômico da coisa.

Pelo menos estamos numa padaria, se baixar um santo nele aqui, não estarei sozinha, ou será que ele vai querer ir ao banheiro bater punheta? Exigir suruba em família? Já é hora de pedir socorro?

Pior que eu nem avisei a Gil, a vaca estava dormindo.

— Calma, minhas *crushes* têm todas participado.

— Participado do quê?

— Da minha coleção!

Jeferson levanta a camiseta com olhar sensual para mim e puxa um pedaço de uma calcinha *string* de renda vermelha que está usando.

"Oi? Cadê o cara maduro e sério, que estava conversando aqui comigo a uns minutos atrás?"

— Gostou?

— Do quê? Da calcinha?

— Sim, gostou ou não, Mel? Vermelho é minha cor preferida.

— É, é bonita.

"Oi?"

Eu fico olhando para ele, sem palavras.

Respiro fundo e ponho os cotovelos na mesa para segurar meu queixo.

"Por que eu fui levantar da cama hoje? Eu poderia estar dormindo agora."

— Eu faço coleção de calcinhas desde a adolescência, Mel.

— Ah, vá. Jura, Jeferson?

"Cara de uó para você, meu caro!"

— Aprendi a usar com as minhas irmãs, que começaram por graça e eu amei a ideia.

121

Deu Match!

"Ai, ai."
— Hum.
— Às vezes eu peço, às vezes eu roubo.
— Você rouba, Jeferson?
Ele sinaliza que sim com a cabeça.
"Pracaba!"
— Olha esse perfil no Instagram com fotos de calcinhas de várias cores e modelos.
"Não acredito. Ele tem um perfil só de calcinhas?"
— Vai Mel, por favor, fala que você vai me dar a sua calcinha.
— Claro que não, Jeferson, eu não vou embora sem calcinha para minha casa.
— Por favor, Mel, por favor, eu imploro.
— Não.
— Sim, por favor, eu vim aqui para isso.
— De jeito nenhum!
"Como é que eu vou embora sem calcinha? E o meu prejuízo?"
O cara levanta, com aquela altura toda, e fica de joelhos no chão. Que vexame, na padaria, domingo de manhã.
"Vergonha, vergonha, vergonha!"
O povo achando que é pedido de casamento, começa a bater palma e a assobiar.
"Ca— ra – lho!"
E o cara aqui, me pedindo a minha calcinha, para ELE usar.
Em coro:
— Aceita, aceita, aceita!
— Vai, Mel, aceita me dar a sua calcinha!
"Eu não acredito que cai nessa!"
— Eu me rendo, vou dar a calcinha.
— Ui – ele vibra.
Eu fico em pé.
— Levanta Jeferson, pelo amor de Deus. Eu vou te dar a minha calcinha, mas para com isso.
Ele levanta todo sorridente e senta na mesa com sorriso de orelha a orelha.
— Eu vou no banheiro então, espera.
Vou caminhando, me sentindo derrotada a cada passo.

No banheiro, eu me dispo, me lamentando ter saído da cama e ter entrado nessa porcaria de aplicativo.
Falo sozinha:
— Mas não tem um *crush* que preste? Pelo amor.
Uns minutinhos para me despir.
— Diga ao povo que fico: sem calcinha!

Crush nº 9

Pronto! Tirei!
Eu caminho de volta até a mesa com a calcinha na bolsa. Me sentindo desconfortável em todos os sentidos possíveis.
"Não era para eu ter saído da cama hoje."
— Toma, abre a mão.
Coloco a calcinha na mão dele e dou tchau.
Ele abre, pega e cheira.
"Que pervertido!"
— Obrigado, Mel, ela é linda, linda, linda!
Ele beija e abraça a calcinha.
"Tem louco para tudo, especialmente no *app*."
Eu saio.
O povo na padaria começa a cochichar, como se eu fosse a grande vilã da história!
Em coro:
— Uhhh!
"Isso, gente, não presto mesmo, acabem com a minha vontade de viver, me vaiando ao sair do recinto."
Alguns têm mesmo a coragem de me vaiar pelas costas.
— Cambada.
Sentindo uma sensação estranha nas partes baixas.
"Ninguém merece."
Derrotada, sem calcinha, mas de pé, na pose!

Já de volta a segurança do meu lindo lar, trabalho o resto do dia.
— Ai, ai – gemo para mim mesma a dor da minha solidão.
Entre um livro e outro, momentos de melancolia, a falta de um *crush* normal e a dolorida realidade sobre a zona toda que está acontecendo na minha vida.
— A morte chegando. Será?
"Devo fazer uma oração e uma leitura profunda da bíblia que está em cima da mesa?"
Um monte de *crushes* doidos, quase nenhum encontro bem-sucedido, exceto pela Gil, que virou minha amiga e a leve impressão de só me meter em encrenca.
"Deixa meu pai saber que virei a melhor amiga de uma traveca linda!"
Celular vibrando. Leonardo? Carlos? O doido das calcinhas?
"Medo."

[16:15] Traveca: Mel, sua biscate, o que vc está fazendo?
[16:16] Mel: Saí com um *crush* hoje de manhã, que me fez dar a minha calcinha para ele.
[16:16] Traveca: Mel, como vc só se mete em encrenca, guria?
[16:17] Mel: Gil, eu tb quero saber! Socorro!

Deu Match!

[16:18] Traveca: Bora no preto Velho benzer vc, amiga.
[16:19] Mel: Beijo, Gil, tô trabalhando.
[16:20] Traveca: Bj, bisca!

Será que algum dia na vida eu vou encontrar um *crush* que se importe comigo como a Gil?
O celular vibra de novo.

[19:25] Jeferson: Olá. Já estou em casa com minha calcinha nova kkk.

Foto do Jeferson com a minha calcinha completamente esgarçada, esticada e destruída no corpo dele.

[19:26] Jeferson: Acho que vou comprar uma cinta-liga para usar com ela, o que vc acha?
[20:10] Mel: Se te faz feliz, vai fundo.

"Que ódio."
Bufo.
— Um doido que não desaparece por completo.
O cara está com a minha calcinha, em Limeira mandando msg, enquanto o 3, que mora do meu lado, está comigo há três meses e nada.
Como se extermina um *crush*?
Google Shopping: crushicida, por favor!
Nº 3!

Afinal, é ou não é gay?

No dia seguinte, de manhã, no telefone com a dona Gil.
— E a delicinha do Leonardo, Mel?
— Eu tenho ciúmes, Gil!
— Então vou paquerar o seu filho.
— Gil!
— Pare de ser ciumenta, sua vaca!
Risadas.
— Eu vou ter que conversar com ele, Gil, para entender se ele é *gay* ou não é.
— Mel, faz diferença?
— Claro que faz.
— Mas ele não adora você e é bom de cama?
— É Gil, mas agora quando ele some, eu nem sei mais se é por causa de mulher, homem, eu preciso saber quem ele é.
— Bom, então chama ele para conversar.
— Eu vou, Gil.

À noite, eu peço para o Leonardo vir em casa.
"Vamos ver, se ele esquece a braveza junto com a história do vibrador e me consola ele mesmo!"

[21:30] Mel: Amor, por favor, vem aqui.
[21:31] Leonardo: Vai brigar comigo?
[21:31] Mel: Não.
[21:32] Leonardo: Tô indo.

Eu não estou aguentando de saudade dos beijos e da bunda fofa.
Eu corro me arrumar e ficar toda linda e cheirosa para matar a saudade.
Interfone toca e eu já daquele jeito.
"Vai que ele não é *gay*, tenho que estar preparada."
Eu libero a entrada.
Campainha.
Eu abro a porta, com vinho na mão.

Deu Match!

— Vinho?

— Só se for o meu, sonâmbula mais linda do condomínio.

Leonardo me agarra, tira a taça de vinho da minha mão, toma um gole e coloca sobre o balcão. Ele me beija, me passando o vinho pela boca.

— Sabe a saudade que eu estava de você, galega?

— Não sei, não. Me mostra.

Ele se esfrega em mim e me beija.

— Sua doida, por que você faz isso comigo?

Ele me beija um pouco mais e me olha fundo nos olhos.

— Eu adoro você, sua doida.

Eu rio.

— Não está bravo comigo mais?

Ele me abraça, me aperta, me cheira e me beija, daquele jeito.

— Eu preciso falar com você, Leonardo.

— Ai, Mel, não é mais aquele papo do vibrador, né?

— Não, mas mais ou menos.

Leonardo faz cara feia e senta no sofá.

— Galega, eu estou com saudade de você, vê lá a besteira que você vai falar, *hein*.

Eu sento no sofá, encarando o bunda fofa.

— Eu preciso fazer uma pergunta muito séria para você, Leonardo.

— Faz, Mel!

"Medo."

— Você é... é...?

— É o que Mel?

— *Gay*?

— Oi? *Gay*? Eu? Mel! Claro que não. Por que isso agora? Não foi você que levou o vibrador lá em casa?

— Mas outro dia eu vi você com um homem no seu quarto.

— Mel, como você me viu com um homem no meu quarto, onde você estava?

— É..., é que eu estava com saudades de você e fui lá ver se você estava, na janela.

Ele levantou e ficou com as mãos na cintura olhando sério para mim.

— Eu vou mostrar para você, Mel, espera aí.

Ele senta novamente e mexe no celular. Em seguida me mostra uma foto.

— Esse cara aqui, né?

Eu olho.

— É.

— Meu irmão, Mel, olha ele aqui junto comigo e com meu pai.

"Pqp."

— Tá.

— Tá nada, Mel, até quando você vai desconfiar de mim? Não é possível que com o tesão que eu sinto por você, que você ache que eu sou *gay*, gata.

— Mas é que você some, Leo, você não me fala as coisas, eu não sei quem você é.

Afinal, é ou não é gay?

— Mas aí concluir que eu sou *gay* é demais, né?
— Eu estou confusa, Leonardo.
— Deixa eu mostrar para você o quanto eu sou *gay* Mel, vem cá.
Leonardo me puxa pelo cabelo e me beija daquele jeito.
— Gostosa, doida, deusa.
Ele tira a minha blusa e aperta e morde meus seios por cima do sutiã.
Sinto seu ar quente no colo e pescoço.
Volta em minha boca e beija, me engolindo.
Minha respiração acelera e eu começo a sentir o suor descendo na nuca.
— Ai, Leo.
Eu tiro a camiseta dele e mordo seu pescoço.
Sinto seu cheiro gostoso e o suor já correndo em seu peito.
Leonardo geme em meu ouvido.
— Eu quero você, Mel.
— Ai.
— Geme, Mel, geme para mim.
Ele me beija de novo, ao mesmo tempo que tira a calça e me faz pegar na sua cueca cheia e dura.
— Delícia, olha como eu sou *gay*, Mel, olha, aperta minha boiolice.
Ele coloca sua mão sobre a minha e me faz apertar subindo e descendo sobre a sua cueca.
Eu olho e fico de boca aberta admirando aquilo tudo.
Leonardo fica de joelhos e tira minha calça, morde a minha calcinha e me encara.
— Gostosa!
Eu gemo mais alto.
— Vai gozar para mim, deusa?
— Vou.
Mão aqui, mão ali, em poucos segundos, roupa em tudo quanto é canto da sala, menos no meu corpo.
— Ai.
O Leonardo me morde, me levanta e me coloca contra a parede, corpos colados e suas mãos em meus seios.
— Geme, Mel, vai.
— Ai.
Os gemidos ficam mais altos, respirações ofegantes, movimentos bruscos, daquele jeito.
"Ah, que tesão do caralho!"
Eu e o Leonardo estamos no sofá abraçadinhos, trocando alguns carinhos.
Suados e de cabelos bem bagunçados.
Ele fica encarando a bíblia em cima da mesa.
— Até quando você vai deixar essa bíblia aí, Mel?
— Qual o problema, Leo?
Ele respira fundo e muda de assunto.

127

Deu Match!

— Mel, eu adoro você, quando é que você vai entender isso?

— Quando você parar de sumir.

Leonardo respira fundo mais uma vez e fica passando a mão no meu cabelo e no meu rosto, olhando fixamente para meus olhos.

"Ai, meu Deus, olha porque eu sempre volto para você, seu cafajeste."

O Nº 3 me beija nas bochechas, na testa, no nariz, na boca e na cabeça.

— Mel, Mel, você judia demais de mim, amor.

Eu não falo nada, cansada de ouvir coisas lindas e ver ele sumir em seguida. Sabe quando as atitudes falam mais alto? Então, só observo.

Ele me dá um beijo na bochecha e fica me olhando.

Suspiro e fico olhando para ele.

Leo continua a me fazer carinho, passa a mão nos meus braços, pernas, volta para o cabelo e depois para o rosto.

Ele respira fundo e olha fixamente em meus olhos de novo.

— Mel, eu tenho que te confessar uma coisa.

"Merda, meu coração para de bater, a respiração pausa, gelo, tentando manter a pose, de quem não está à beira de um ataque cardíaco, mas continua calma e tranquila."

— Fala, Leo.

— Você não vai ficar brava?

— Fala, Leonardo.

Ele abaixa a cabeça, olha sério para mim, respira fundo, sorri e solta.

— Eu sou *gay* mesmo!

— EU SABIA!!! – eu grito.

Leonardo tem uma crise de risos e segura a barriga de tanto rir e chega a perder o ar.

— Leonardo, isso não tem graça.

Ele continua rindo, levanta e dá alguns passos, rindo e segurando o estômago, perdendo o ar, andando para lá e para cá. Ele olha para mim, tenta falar algo, mas não consegue, de tanto rir.

— Leonardo, para de rir.

Ele vem, senta de novo e me abraça no sofá.

— Mel, você é doida demais, claro que eu não sou *gay*, você é louca?

"FDP."

"E agora, ele é ou não é *gay*?"

Crush nº 3 - parte 3

Domingo à noite.
Bate uma saudade do Leonardo.
"Eu só me ferrando nessa procura, ladeira abaixo em alta velocidade, sem *airbag* e cinto de segurança."
Vai vendo.
"Acho que quero ver ele. Não resisto!"

[23:05] Mel: Vc está em casa?
[23:05] Leonardo: Tô galega, quer vir aqui? Tô fazendo sopa.
[23:06] Mel: Quero. Estou indo.
[23:06] Leonardo: Venha.
[23:06] Mel: Bj.

Eu sei que ele não me resiste.
"É só chamar, né, bebê?"

Arrumada, daquele jeito: *lingerie* provocante, perfume importado, roupa a vácuo e barriguinha de fora.
Chego no apartamento do Nº 3!
Leonardo abre a porta com o sorriso safado e já mordendo os lábios.
"Tarado!"
Ele sabe me agradar.
O safado coloca as mãos por baixo do meu cabelo e me puxa para sua boca. Beija, quase me engolindo.
As mãos hábeis descem até a minha cintura e ele me aperta forte. Me empurra contra a parede e esfrega seu corpo no meu. Sobe. Desce. Sobe. Desce.
Começo a suar por dentro da roupa.
— Ai, Leonardo.
Ele me aperta mais, conforme os gemidos saem.
— Adoro quando você geme, Mel. Geme para mim, galega, geme.
O pior é que eu acabo gemendo mais ainda, fdp.

Deu Match!

— Tranqueira.
— Deusa.
Ele me beija de novo e logo as mãos estão em minhas costas.
Leonardo morde meu pescoço e os braços arrepiam.
Ele sabe me deixar doida.
— Deixa eu entrar direito na sua casa, Leonardo.
— Entra, meu amor, galega, linda, deusa.
Eu rio.
Ele fecha a porta, me agarra por trás e me pressiona com o seu corpo contra a parede.
"Pqp."
Ele se esfrega em mim, enquanto morde a minha nuca e sobe e desce as mãos com uma agilidade impressionante.
Ele me vira de frente e enche as mãos com meus seios e os beija e morde por cima da roupa.
— Saudade que eu estava de você, Mel.
— Delícia.
Eu me esforço para sair daquela pegação e me sento no sofá.
— Oi, o que foi, Mel?
Eu fico em silêncio, sem saber o que responder ainda.
— Você está triste, né?
— É, estou.
Brigou com seu pai, por que você não voltou para a igreja?
— São várias coisas, nada grave, mas tudo ao mesmo tempo me deixa triste.
— Eu estou fazendo sopa de batata doce, você vai gostar. Me fala, o que está acontecendo.
Eu me sinto à vontade, querendo mesmo desabafar, ter uma companhia. Eu já fiz isso antes e eu adoro o charme que eu faço quando estou triste!
Eu estou bebendo um vinho em silêncio no sofá e curtindo o Chitãozinho de fundo.
— E então, Mel, o que foi?
— Ah, estou me sentindo sozinha.
— Você pode vir aqui sempre, Mel.
— Eu vou no banheiro, já volto.
Antes de começar o desabafo e o drama cheio de charme: banheiro!

Xixi!
— Opa.
"Eu não acredito. Duas toalhas molhadas de novo?"
Eu olho o inevitável: duas toalhas molhadas. Bem molhadas!
"A gente já conversou sobre isso. Ele fala que é o filho, mas não é nada. O que eu faço? Já não basta a minha tristeza de hoje, agora isso?"
Bufo.

Crush nº 3 - parte 3

"Calma, Mel, calma, mantenha a calma."
Me limpo e abro o lixo para descartar o papel higiênico.
— Embalagem de camisinha no lixo? – sussurro.
"Fodeu, literalmente!"
Fecho os olhos, mordendo os lábios, de raiva.
"Pronto, para isso não tem desculpa do filho."
Jogo o papel e me arrumo para sair do banheiro.
"Você queria drama, Mel? Achou! Porcaria. Achei mesmo."

Volto para a sala e me sento, quieta.
"Certeza que ele se lembrou."
— O que você tem, Mel, está triste, né?
— Você é foda, né, Leo? O que você espera quando diz que quer ficar comigo, que quer algo sério e mente para mim? Tem camisinha no seu banheiro.
— Isto é de quando você esteve aqui.
Eu rio alto. Na verdade, solto uma gargalhada.
— Eu estive aqui há quatro dias, Leonardo.
"Cristo."
Eu fico indignada, mas ainda quero beber o vinho.
Vou para a cozinha, encho minha taça, volto para o sofá e fico bebendo.
Quando termino, me levanto para ir embora.
"Cadê o Carlos, vozeirão do caralho?"

Eu já estou no *hall*, seguindo em direção à saída do prédio.
Leonardo, desesperado, implora para que eu fique:
— Mel, para, por favor, não vai embora.
Ele segura no meu braço e eu congelo, ele olha e tira a mão bem rápido.
— Mel, fica, vamos conversar. É do dia que você esteve aqui.
— Outro dia a gente conversa, Leonardo, agora não dá.
"Acho que estou com a cara bem brava mesmo, pela reação dele, mas eu estou mais triste do que p da vida."
Eu vou embora bem chateada. Me equilibrando no salto e na pose. Triste sim! Sem pose nunca!
— Porque os homens têm mania de subestimar as mulheres, é tão chato e previsível – lamento comigo mesma.
"Não dá para ficar com alguém com este nível de maturidade. Sem qualquer perspectiva de ficar com ele."

Deu Match!

Sigo para minha casa para enterrar a cabeça no travesseiro, bem decepcionada.
E cambaleando bonito!

Já em casa, sinto o silêncio doer na alma.
Eu deito na cama e fico bem mais triste do que antes.
O telefone vibra.

[23:59] Leonardo: Mel, eu gosto de você, não faz isso, você está sendo injusta. Eu faço o que vc quiser, te dou meu celular, minha senha. Mas pensa, por favor. Eu quero ficar com vc.

"Tentativa tonta e imatura."
Vácuo.
Eu demoro para dormir e fico ouvindo o Chitãozinho.
Excluo o Nº 3 do Instagram.
Chateada é pouco.
Vai vendo a situação da pessoa.

Crush nº 10

Otávio

Nome	Otávio
Idade	47
Signo	Escorpião ♏
Profissão	Empresário
1º Encontro	Bar Morumbi
O que eu mais gostei?	Lindo demais, olhos azuis
O que eu não gostei?	Pessimista
Bom de 0 a 10	Não deu para saber
Galinha de 0 a 10	Não deu para saber
Bonito de 0 a 10	10
Peculiaridades	Ficou com a Gil
P, M ou G	P

Deu match!

Perfil: *Separado. Do vinho.*

Alguns dias depois.
Bom, depois da DR, eu segui adiante.
#Partiucrushes!
Ainda bem que eu tenho com quem desabafar a loucura que virou a minha vida.

[11:57] Traveca: Nada do Leonardo?
[11:58] Mel: Nada.
[11:58] Traveca: Caralho, amiga, que cara enrolado.
[11:59] Mel: Tb acho.
[12:00] Traveca: Fica com outro então.
[12:01] Mel: É o jeito.
[12:01] Traveca: *Next*! Nada de ficar esperando o vizinho.
[12:02] Mel: Tá, eu vou marcar e te falo.

"Talvez essa falta do Leonardo seja a melhor coisa para eu cair fora. Já que ele não muda, mudo eu."
Celular vibrando.
"Bem que podia ser ele."

[12:15] Jeferson: (Foto dele com a minha calcinha e cinta-liga)
[12:15] Jeferson: Gostou?

"Oi?"
Vácuo!

Crush nº 10

Semana passada conversei com um *crush* chamado Otávio.
Ele fala de forma bem sistemática, com um que de sinceridade e também uma certa braveza.
— Hum.
"A vida já está brava comigo, *honey, be kind*!"
Na última conversa, ele disse que passaria o fim de semana com a filha e que depois falava comigo.
"Ok, senhor sistemático."

[11:39] Otávio: Então hoje eu cortei o cabelo de manhã e depois passei num cliente, agora à tarde eu tenho reunião com outro cliente e à noite eu devo ficar com a minha filha.
[11:54] Mel: Ok, a gente se encontra quando você puder.

Como existem muitos vácuos entre uma conversa e outra, ou entre um encontro e outro, nem fiquei pensando. Mas eis que ontem: #partiu *Crush* 10.
Fotos bonitas. E como eu já estou escaldada, sei que tenho que ver e sentir antes de criar qualquer expectativa.
Fato sobre o Otávio é que ele parece lindo, é bem atencioso, manda áudios longos, explicando passo a passo sobre o que está fazendo, o que vai fazer e o que eu devo fazer também.
"O que isso significa, meu Deus?"

[16:49] Otávio: Olá.
[16:53] Mel: Oi.
[16:54] Otávio: Podemos marcar hoje.
[16:54] Mel: Legal.
[16:54] Otávio: Tipo 20:00 em algum lugar.
[16:54] Mel: 8h ótimo.
[16:54] Rodrigo: Áudio com explicações.

"Minha nossa, o cara é bem detalhista e repetitivo. Blá-blá-blá."
— Cadê a Gil para dar aula de praticidade ao sistemático?
Vai vendo.

Mais tarde, eu já estou pronta para o encontro, daquele jeito e o *crush* não para de mandar mensagens.
"Mas precisa tudo isso, neném, sério?"

[19:33] Otávio: Oi.
[19:33] Otávio: Daqui a pouco tô saindo e te aviso ao chegar.
[19:33] Otávio: Áudio com explicações.

Deu Match!

Precauções à parte, mando mensagens também para a Gil.

[19:34] Mel: Gil, às 20h, vc vai, né? Vc prometeu.
[19:35] Traveca: Claro que eu vou, gata, vc só se mete em encrenca!
[19:36] Mel: Ok, Gil, conto com vc.

Continuando:

[19:37] Otávio: Já, já aviso.
[19:37] Otávio: Saindo.
[19:55] Otávio: Estou no local combinado.

O bar de sempre!

[19:56] Mel: Ok.
[19:56] Mel: Tô indo.
[19:56] Otávio: Áudio com outras explicações.
[19:57] Otávio: Para na frente do bar.
[19:58] Otávio: Meu carro é o vermelho.
[19:58] Otávio: Está na calçada.
[20:04] Mel: Kkkk.
[20:04] Otávio: Na calçada.
[20:05] Otávio: Dá para parar bem atrás do meu carro, quando vc chegar.
[20:05] Otávio: Eu arrumo o carro e vc para do lado.
[20:05] Otávio: Do lado do bar.
[20:05] Otávio: Na calçada.

Mais umas vinte mensagens.
"Socorro."
Quando eu chego, mal acredito. Otávio tem 1,90m, lindo e dono de um vozeirão. E ainda tem olhos azuis!
"Uau!"
"Que cara lindo."
Suspiro duas vezes seguidas, que esse merece.
"Cadê a Gil? Cadê a Gil? Não estou vendo ela em lugar nenhum."
Nada da Gil.
"Será que ela vem?"
Ok, vamos em frente, com ou sem a Gil.
— Oi, meu Deus, você é bonito, hein.
Cumprimento e elogio ao mesmo tempo.
"Saiu sem pensar, eu juro."
— Obrigado, você também é linda, Mel.

136

Crush nº 10

Otávio é escorpião (pavor!), atleta e falante. Fala, fala, fala, a noite inteira:
— E então, você viu a favela aqui do lado? É um horror!
— Hum.
— E o preço dos seguros de carro? É um absurdo.
— Sei.
— E essa política que só rouba?
— Hum.
E eu pensando.
"Cadê a Gil?"
A conversa não está legal, mas ele é tão bonito que eu me distraio olhando os olhos dele, o rosto, cabelos, barba grisalha, a voz, mãos grandes. E ele toca toda hora na minha mão, braço ou ombro.
"Hum, toque mais *baby*, vamos mudar o rumo dessa conversa."
Eu penso várias vezes, "fica quieto e me beija, pelo amor."
Mas ele não me beija.
O encontro vai ficando cansativo.
"Sessão de terapia outra vez, meu Pai?"
Tem hora que ele se desculpa pelo seu humor, mas volta a reclamar de alguma coisa.
— Você viu a blitz ali embaixo? É um perigo, tem que andar de carro blindado. Seu carro é blindado?
— Hum.
Eu respondia qualquer coisa e me desligava do assunto.
— Tem que ter seguro de vida, onde já se viu as pessoas não fazerem seguro de vida? Elas fazem seguro de carro e não fazem seguro de vida.
— Sei.
"Cadê a dona Gil? Alguém me salva, não dá para falar de qualquer coisa legal?"
— E esse governo? Tem gente que pensa que está errado, eu acho que está certo.
A Gil chega!
"Graças a Deus! Onde você estava, sua tranqueira?"
Ela senta numa mesa, fazendo vários sinais de negação para mim, mexendo o dedo e o pescoço.
Eu tento perguntar baixinho e com os lábios: por quê?
De certo a mona faz leitura labial também, vai saber.
Ela faz sinal de ir ao banheiro.
— Eu vou ao banheiro, Otávio, já volto.
"Já volto, ô reclamão!"

Eu chego no banheiro e a Gil toda agitada.
— O que foi, Gil? O que está acontecendo?
— Entra, entra, você não pode ficar com ele, Mel.

Deu Match!

— Por que não?
— Eu já fiquei com ele, ele é brocha.
"Oi?"
Eu fico de boca aberta.
— Ah, você está de sacanagem comigo?
— Não, Mel, estou falando sério!
— Ai, socorro, já ficou com você e é brocha?
— E beija mal, Mel.
— Sério, Gil?
— E tem um peruzinho minúsculo.
— Ai, meu Deus!
— Então.
— Por que você demorou tanto para chegar? Eu estou há um tempão aguentando o maior papo chato do caralho. Se soubesse já tinha ido embora.
— Agora você sabe. Vai embora.
— Mas que judiação, Gil, ele é lindo!
— É um caralho de lindo mesmo, Mel!
— Porcaria, me ajuda a ir embora, Gil!
"Chega de perder tempo."
— Brocha e pessimista?
Respiro fundo, antes de sair do banheiro.
— Não – sussurro em tom audível.
"Minha vida já anda bem ruinzinha, para abrir um setor de reclamações, meu bem. Dá não, amore."
Suspiro cheio de lamento.
"Numa situação dessas, até o vibrador amarelo *neon* da Gil vale mais a pena. Na verdade, estou bem precisada. Pronto. Falei!"

Eu volto para a mesa, sem paciência e bem objetiva.
— Vamos embora, Otávio, acho que para uma segunda-feira já está bom, não?
"Quem é que sai numa segunda-feira? Eu!"
— Claro, está ótimo.
"Graças a Deus!"
Pego meu celular e coloco na bolsa, com menção de levantar e ir embora.
"São Paulo virou um ovo agora. Pelo menos fiquei sabendo, antes de experimentar a brochada."
Otávio paga a conta. E sugere ir para minha casa na sexta ou sábado.
"Hum, acho que não, *baby*, você ficou com a minha amiga, você é brocha e negativo, vai dar não."

Crush nº 10

— Vamos nos falando, Otávio.
Dou três beijinhos e saio.
Vou embora com a Gil.
A-li-vi-a-da!
— Graças a Deus, Gil, vamos embora.
Dentro do carro já, o celular vibra.

[22:05] Pai: Tudo bem, filha?

— Espera, Gil!

[22:06] Mel: Tudo bem, pai. E vc?
[22:07] Pai: Quer ir à igreja amanhã?
[22:07] Mel: Não, pai, obg.

A Gil fica espiando as mensagens e ri.
— Coitado, não conhece a filha que tem.
— Para, Gil!
A doida começa a preparar sua maconha.
— Gil! Quando você vai parar com isso?
— Quando você vai parar com os *crushes*?
— Não vou parar – respondo.
— Não vou parar – Gil responde.
Discussãozinha básica sobre o fato e pra variar eu perco.
É uma bisca, traveca linda!
— Gostoso! – ela grita.
— Gil, fecha a janela, para de mexer com os caras na rua, sua vaca!
— Biscate!
— Puta!
— Cachorra!
Risos.

Já em casa, os pensamentos acerca dos *crushes*.
"O problema é que esta semana eu tenho que montar uma agenda, além do livro e da planilha, tem as perguntas que preparei para a entrevista com os *crushes*."
Claro que vai ter entrevista. Inclusive com o Nº 1, que agora não para de me agradar pelo WhatsApp. Vi que ele saiu do aplicativo.
— O que será que fez o Reinaldo sair do aplicativo? Custava ter ficado comigo?
Suspiros, suspiros, suspiros.

Deu Match!

— Ai, ai...
Em andamento: encontro com o Zé, provável *Crush* Nº 11, que só passa a ser oficializado mesmo depois do olho no olho. Parece um pitelzinho o rapaz.

[22:10] Traveca: Vc vai sair com esse tal de Zé, Mel?
[22:11] Mel: Acho que vou.
[22:11] Traveca: E as entrevistas?
[22:12] Mel: Logo vou marcar com o Nº 1 pessoalmente e outros já responderam por e-mail.

Ligo a TV num canal de notícias. Vejo a foto do Jeferson e presto atenção na notícia:
— Um homem é preso em Limeira com uma coleção de mais de 5 mil calcinhas roubadas!
"Oi?"
— Bem feito, trouxa — eu grito.
"Além de mim, fez várias outras mulheres tirarem a calcinha para nada."
— Vai usar calcinha na cadeia agora! Ai, ai, ai.
"Eu não vou visitar ninguém!"
— No máximo mando a bíblia para ele!
Esse vai precisar.
Volto a pensar com meus botões.
"Só espero não ficar sozinha o fim de semana inteiro de novo. Senão, terei que criar outra estratégia. Que estratégia?"
Eu ando tão confusa, que a sensação é de não ter controle sobre nada.
Estou no fluxo dos *crushes*.
E flui, desastre após desastre.
Tsunami, terremoto, enchente, furacão, tornado, vulcão, a convenção dos capetas na minha vida!

Crush nº 3 - parte 4

Na casa do bunda fofa, à noite, eu decido passar por cima da última DR.
"Afinal, eu também estou dando minhas escapadas!"
Num de nossos encontros, que acontece entre um *crush* e outro, bem como uma sumida dele e outra, eu diria que a cada duas ou três semanas, temos uma DR.
"E lá vamos nós..."
— Já que você não fica só comigo, eu também fiquei com outra pessoa, Leo.
— Você ficou com outro, Mel?
Ele põe as mãos na cintura, senta e fica parado, olhando para o chão.
Dá para ouvir a respiração dele nesse momento.
Silêncio total.
— Você também fica com outras, não vejo problema nisso. É justo.
— Eu não consigo nem conversar.
Silêncio.
— Você quer que eu vá embora?
— É, é, acho que eu quero, eu não consigo conversar mais.
Silêncio.
Eu me assusto. Levanto, pego minhas coisas no sofá e vou saindo.
Coração acelerado.
"Que inusitado!"
O Leonardo levanta correndo e pula na minha frente com os braços abertos.
— EU NÃO QUERO QUE VOCÊ VÁ EMBORA!
Eu congelo.
— Mas pô, Mel, ficar com outro. Alguém pôs a mão na minha galega.
E depois disso ele me abraça.
Ufa, passa o susto.
"Vai ter surpresinha hoje, bebê."

Ele fica andando de um lado para o outro e vai para a cozinha. Bate algumas coisas na pia e volta.
"Bravinho, neném?"

Deu Match!

Volta para a sala, me abraça e fica se lamentando entre um suspiro e outro.

"Que showzinho paia, véio!"

— Eu não suporto a ideia de alguém pôr as mãos na minha galega.

Ele suspira e me encara sério.

Eu nem me mexo.

Ele me agarra e me beija daquele jeito.

"Ui, passou a braveza?"

— Quer comer bala, Leo?

— Bala, Mel?

Ele fica me olhando com cara de uó.

Eu sorrio, mordo meu lábio inferior e me afasto um pouco de seu corpo.

Ele olha em silêncio e não se move.

Eu abaixo a minha calça lentamente até o joelho e mostro.

— Calcinha comestível, olha, que fofa.

"Cristo, sorriso de orelha a orelha, daqueles bem safado."

Ele cai de joelhos no chão e lambe a calcinha, minha pele, geme.

— Eu adoro você, Mel.

— Ai.

Ele arranca com os dentes umas três balas de uma vez e olha para mim mastigando e sorrindo.

— Eu vou comer tudo.

"Pqp"

— Come, amor, come tudo, bem devagarinho.

Ele enfia a cabeça entre minhas pernas e chupa as balas de um lado para o outro.

— Ai, Leo.

O homem ficou com uma fome, de uma hora para a outra.

Ele arranca mais balas e me deita no chão, ali mesmo, no tapete da sala.

Eu escuto o barulho das balas sendo arrancadas com seus dentes, uma a uma, e o som de sua boca mastigando.

— Ai, Leonardo.

— Isso, amor, geme para mim, que eu estou quase acabando com essas balas.

A cada puxada, eu sinto um pouco dos seus dentes na minha pele, enquanto me arrepio inteira.

A dor das costas no chão é compensada com as chupadas que ele dá entre uma bala e outra.

— Não para, Leo.

— Geme para mim, delícia, geme.

Escuto o fio da calcinha arrebentando com a última bala.

Ele sobe em cima de mim com a boca suja e colorida e me beija ofegantemente.

Veste a camisinha com uma habilidade incrível e entra em mim.

— Você me deixa louco, Mel.

Ele me vira para cima dele e me puxa pelo cabelo, apertando meus seios.

— Ai.

Os movimentos aumentam junto com os beijos.

Crush nº 3 - parte 4

Gemidos e respirações cada vez mais altos.
O ar quente no ar e o cheiro de suor.
— Goza para mim, Mel, goza.
— Eu vou gozar.
Ele geme como um animal e goza junto comigo.
"Tranqueira, gostoso, delícia, por que eu sempre volto para você?"
Mais uma de nossas reconciliações.
Eu já estou perdendo a conta de quantas idas e vindas eu tive com o nº 3.
Depois de uma transa incrível, a conversa só não vira DR, devido ao meu estado extremamente relaxado.
— Eu quis ficar o último fim de semana sozinho, confesso, menti para você, porque estava chateado e queria ficar sozinho, foi isso o que aconteceu.
— Você, sozinho?
"Quer enganar quem, *baby*?"
Sem acreditar, óbvio.
O Leonardo não é o tipo de pessoa que gosta de ficar sozinho.
— O que eu posso falar para você confiar em mim, Mel?
— Não é o que você diz, é o que você faz, principalmente quando eu saio daqui. O que acontece quando nós não estamos juntos.
— Eu sei, eu sei, entendi, atitudes, você tem razão.
"Qual a dúvida?"
Vai vendo.

Saímos para comprar bebida.
Quando entro no carro do Leonardo, o porta-copos sujo de bebida tanto do lado do motorista, quanto do passageiro.
— Eu fui levar meu filho embora e derrubei cerveja aqui.
Mais uma conversinha furada, gaguejando, para explicar o inexplicável.
"Ué, e o fim de semana sozinho?"
Eu nem respondo, é péssimo para mentir. Internamente, resolvo aproveitar e continuar tudo como está e focar na minha busca, paralelamente. É cansativo conversar com alguém que entra em contradição o tempo todo.
Por que homem acha que sabe mentir, enquanto a mulher está só registrando tudo?
"Dá para inserir teste de QI e QE no *app*?"
"Qs" à parte, a *performance* na cama não deixa a desejar.
Eu durmo com o Nº 3 até às 3h da manhã. Ele sempre insiste para eu dormir com ele, mas decido ir embora. Do um beijo no seu rosto e na sua testa.
— Boa noite, eu vou embora, não consigo dormir.
— Não, não, não – o Leonardo sussurra todo manhoso.

Deu Match!

Um charminho me pedindo para ficar.
"Hum, dá não, bebê, minha cama me chama!"
Apesar do charme e da bunda fofa virada para cima, vou embora.
Tonta, inocente e feliz.
Vai vendo.

No dia seguinte, na hora do almoço, eu estou no meu sofá e vejo que o Leonardo acabou de adicionar uma pessoa do aplicativo (que já estava no Insta do Nº 1, o campeão da galinhagem, segundo minhas estatísticas).
A merda do Instagram é a grande facilidade que se tem para *stalkear* alguém.
Ou seja, eu mal havia saído da casa dele, ouvido seus pedidos de uma nova chance e a primeira coisa que ele faz ao acordar é procurar outra.
— Foda-se.
Fico puta e excluo o Nº 3.
— Merecido!
Frustrada, penso em desistir do *app*, do livro, da vida e até de encontrar alguém.
"A verdade é que eu não preciso de ninguém, já passei tanto tempo sozinha, que não é difícil me acostumar de novo, mas eu não quero."
Penso na cara do safado, comendo a minha calcinha.
— Ai, ai.
Então.
Vai vendo.

Crush n° 1 – parte 2

Hoje, depois já de toda a zona na minha vida, no Story do N° 1, ele aparece de braço quebrado, acho que pela segunda ou terceira vez, desde que o conheci.
"Precisa de enfermeira, senhor dos mais de 20 centímetros?"
— Eu não resisto!
"Lá vamos nós."

[15:25] Mel: De novo ou ainda, Re? Kkk. Se benze.
[15:25] Reinaldo: Kkk. Quebrei sexta da semana passada. Terça fiz a cirurgia e agora recuperando.
[15:26] Mel: Minha nossa, melhoras.
[15:26] Reinaldo: Obrigado, acho que preciso mudar de centro, todo dia recebo passe e me quebro kkk.
[15:27] Mel: Vou querer te entrevistar em breve, estou escrevendo um livro sobre a minha jornada no aplicativo.
[15:27] Reinaldo: Kkk.
[15:28] Mel: Quero acrescentar o outro lado, sabe?
[15:29] Reinaldo: Terei prazer!
[15:29] Mel: Prometo falar bem de vc.
[15:29] Reinaldo: Quando estiver no shopping, me fala pra gente tomar um café.
[15:30] Mel: Te chamo semana que vem, pode ser?
[15:30] Reinaldo: Para entrevista marcamos um vinho, assim fico mais falante, se vc quiser.

"Hum, terceiro *round*."

[15:31] Mel: Claro, vou fazer vc falar tudo.

"Reinaldo, Reinaldo, por que você não ficou comigo? Tinha evitado essa lambança toda na minha vida."

[15:33] Reinaldo: Não tem o que agradecer, sempre foi um prazer conversar com vc. Gosto de vc!

"Oi? É sério isso? Faz meses que você não fala comigo. Ok!"
— Vou me jogar ali da janela e já volto!

145

Deu Match!

Hora de atualizar a Gil.

[16:10] Traveca: E vc vai ficar com o Nº 1 de novo?
[16:11] Mel: Ah, não sei, eu gostei dele, vc sabe, Gil.
[16:11] Traveca: É, vc que sabe.
[16:12] Mel: A entrevista é fato, vou fazer.
[16:12] Traveca: Sei. Biscatona!
[16:12] Mel: Tchau, Gil.

Saio para caminhar com a Gil e, claro, ela leva um monte de xavecadas e revida com os piores nomes possíveis.
Estamos passando na frente do café e ela encara o atendente gostosão.
"E não é que o garoto entrou na dela? Fazendo caras e bocas, olhando para a Gil."
Eu rio.
"Mas que safadinho."
Do nada, o Henrique Preto Velho cruza o nosso caminho. Eu e a Gil trocamos olhares e emudecemos, abaixando a cabeça. Não dá tempo de mudar de rua.
Acho que nunca parecemos tão suspeitas de alguma coisa: as duas andando totalmente de cabeça baixa, tentando não ser vistas pelo indivíduo vindo exatamente em nossa direção.
Quando ele cruza nosso caminho, dá um grito.
— "Bu!"
— Filho da puta! – a Gil grita.
— Travecona!
— Veado!
— Putona!
— Preto Velho do caralho!
Ele esbraveja, rebola, levanta os braços e depois sai rindo.
"Tem louco para tudo nessa vida."
E todos eles estão sendo devidamente selecionados pelo meu dedinho podre no *app*!
"Jesus."
Suspiro.
Falo de novo com a Gil sobre o Nº 1 e ela quer saber se vai ser só entrevista mesmo.
"Vai saber."
— No mínimo a gente entrevista o cachorro dele, para saber se não está sofrendo maus tratos.
— Ai, Mel, ele tem cachorro agora, né?
— Pois é.
Vai vendo.

146

Crush nº 3 - parte 5

Eu estou indo dormir.
Saudades do Leonardo, filho da mãe, não me merece.
"Pare de pensar nele, Mel, pare!"
Pego o telefone e olho a foto do Leonardo no WhatsApp e fico com aquela saudade, da pegada, da bunda, do beijo.
"Opa!"

...Leonardo digitando...

"Oi?"

...Leonardo digitando...

"Ai, meu Deus..."

...Leonardo digitando...

"O que você está digitando, feição?"

...Leonardo digitando...

"Digita logo!"

[23:32] Leonardo: Saudade, galega, não me esquece delicia 😁.

"Como assim, não me esquece? Eu penso direto em você."

[23:32] Mel: Não esqueci, não.
[23:32] Mel: Tô aqui pensando em vc kkk.
[23:32] Leonardo: Oh, delícia.
[23:33] Leonardo: Posso descer?

"Ai, e agora?
Merecer ele não merece, mas que se foda."

147

Deu Match!

[23:33] Mel: Pode.
[23:33] Leonardo: Daqui a pouco, estou aí.
[23:33] Mel: Tá.

"Cadê a sua dignidade e orgulho, Mel, por favor?"
Respiro fundo, olhando para o celular.
"Ficou com o Nº 5, isso, depois eu pego de volta."
Mais uma mensagem:

[23:33] Leonardo: Pode mesmo, né?

"Como assim?"
Olha o peso na consciência do ser humano.
Eu falo que ele mesmo se entrega, cafajeste, gostoso, ah, que se lasque.

[23:33] Mel: Qual a dúvida?
[23:34] Leonardo: Vai ser carinhosa?
[23:34] Mel: Eu sempre sou.
[23:34] Leonardo: Tirando a história do vibrador, né?
[23:34] Leonardo: E não vai me bater mais?
[23:34] Mel: Tá bom, tô esperando.
[23:34] Leonardo: Já vou.
[23:34] Leonardo: Bjos.

Venha logo!

Corro tomar um banho e me arrumar, daquele jeito. Procuro o condicionador da diarista e nada.
— Como é que eu fui esquecer de comprar a P do condicionador mágico?
Mando mensagem para a diarista:

[23:01] Mel: Oi Maria, tudo bem? Onde tem mais daquele condicionador que vc deixou no meu banheiro, por favor?
[23:03] Maria: Que condicionador, dona Mel? O que tinha no banheiro era amaciante, só usei uma embalagem que eu ia jogar fora para colocar o restinho.

"E..., o quê? Era o quê? Amaciante?"

[23:04] Mel: Qual amaciante, Maria, me fala, por favor.

Crush nº 3 - parte 5

"O do ursinho amarelo? O azul? O verde e vermelho? Fala logo, pelo amor, o Leonardo bunda fofa está vindo."

[23:05] Maria: Aquele azul, que a senhora sempre compra.

"Eu sempre compro? Jura?"
Procuro o tal amaciante e não acho, não acredito!
Será que uso sabão em pó? O cheiro é quase igual.
Encho a mão de sabão em pó.
"E agora?"

Eu estou pronta! Daquele jeito.
Passa quase meia hora e nada. P..., ele mora aqui do lado.

[00:01] Leonardo: Mel, minha Deusa, estou terminando uma coisa aqui! Já vou gata, pode ser?

"Oi? Não."
— Saco!
"Que enrolação é esta agora?"

[00:02] Mel: Leonardo, eu estou com sono. Vou dormir.
[00:22] Mel: A gente se vê outro dia.
[00:02] Leonardo: Não, gata.
[00:02] Leonardo: Já estou acabando.
[00:03] Leonardo: Acabei.
[00:04] Leonardo: Vou descer.
[00:04] Mel: Tá.
[00:04] Leonardo: Bjos.

O porteiro já está avisado e o Leonardo liberado.
"Esse porteiro deve estar escrevendo um livro sobre mim. Pior se o relato dele faz mais sucesso do que o meu. Que desgraça."
— Vai que ele escreve bem, o desaforado?
A campainha.
"Calma, hoje eu estou vestida."
Abro a porta.
— Oi
— Oi, que saudade de você, Mel.
— Entra.

Deu Match!

Leonardo me abraça, beija e já ficamos acomodados no balcão da cozinha.
— Vinho?
— Se você for tomar, eu tomo.
— Hum.
— Esse é o vinho que você roubou, safadinha?
— Não sei, deve ser.
Rimos.
Abro o vinho branco gelado, ainda sem taça de cristal, mas louca de chique. E *sexy*, claro. Sirvo e me sento no balcão, me encaixando em seguida com as pernas em volta dele.
Ele passa a mão na minha calça, procurando uma calcinha comestível, com um baita sorriso safado.
— Ai...
"Veio com fome, criança?"
Eu ainda ouço os conselhos da Bia na minha cabeça: "Pare de neura, aproveita o hoje, esquece as outras, pare de *stalkear*".
Bom, o Leonardo não me inseriu mais no Instagram, não teria mesmo como *stalkear*.
"Melhor assim, menos neura!"
Reforçando, gente, que o tal de *stalkear* é quando a gente se sente insegura. Se o cara realmente está a fim, Instagram, Facebook, WhatsApp, seja o que for, deixa de ter importância.
Com o Leonardo não é o caso. Ele me faz me sentir mega desejada quando está comigo, mas logo depois some. Ele tem um o corpo fechado, mas de calça bem aberta, tranqueira.
Leonardo fica em silêncio, me olhando:
— Saudade de você, galega, se eu não falo com você, né?
"Eu que não iria atrás mesmo."
Leonardo está ficando cada vez mais carinhoso. Dá para perceber o impacto sofrido pelo fantasma dos *crushes*. Hum. Bingo!
— Eu vejo a sua foto todo dia, Mel.
— Ah, é?
— É, deusa.
Ele fica me beijando e me olhando inteira, entre carinhos, elogios, pegadas e mordidinhas.
— Coloca Chitãozinho para a gente, amor? — Leonardo pede.
Eu já tinha desligado tudo, para ir dormir.
— Liga lá.
Mas Leo escolhe uma pré-seleção minha do Pablo.
— Eu adoro ele – comento.
— Vamos num show dele? Você vai comigo, Mel?
"Fazer algo juntos que não seja sexo e dentro da sua casa ou da minha? Que progresso."
— Claro que eu vou.
Leonardo pesquisa no celular.
— Olha aqui, dia 21, você vai mesmo, né? Você vai comigo?
— Vou!
Leonardo me encara desconfiado.

Crush nº 3 - parte 5

— Se até lá a gente não estiver brigado de novo.
— Como assim brigado? A gente nunca briga. A gente se ama.
"Oi?"
Beijos.
"Como assim, a gente se ama?"
Eu tiro a blusa.
— Afe, linda, linda.
Beijos.
— Tira a minha calça.
Ele me encara sorrindo e morde o lábio inferior, já obedecendo a minha ordem.
— Meu Deus do céu.
Eu estou em cima do balcão, de calcinha fio dental e sutiã transparente, tomando vinho e tentando compreender tudo o que o Nº 3 não me fala.
— Você virou personagem no meu livro.
Ele dá um sorriso de orelha a orelha.
— Pode escrever sobre mim, eu quero, pode me escrachar se quiser, mas eu quero ser seu personagem.
— Do jeito que está, já, já é protagonista, mas eu não tenho certeza se você vai gostar.
— Eu vou gostar.
— Você entendeu do que é esse livro, Leo? É sobre o aplicativo, sobre os *crushes*.
Leonardo me beija.
— Pode escrever o que você quiser de mim, eu quero ler depois. Quero uma cópia do livro.
— Vou ter que mudar os nomes ainda.
— Pode usar o meu nome mesmo, Leonardo, eu autorizo.
Eu rio.
"Será que ele vai gostar? Sei não."
Suspiro.
"O que os olhos não veem o coração não sente."
— Ai, ai.
"Eu não aguentaria."
— Eu vou entrevistar você depois, para o meu livro, quero ver você falar a verdade.
— Eu sempre falo a verdade.
"Cínico."
Encaro seus olhos um instante, em silêncio.
"Foco na bunda fofa!"
Vai vendo.

Vamos para o meu quarto.
Sabão em pó esparramado no chão, em volta da cama, para dar um tesão no bofe. Se o amaciante funcionou, vai que isso pega também? Não custa tentar.

Deu Match!

"Não tem condicionador-amaciante hoje, bebê."
Entre um beijo e outro, o meu celular fica vibrando.
— É o seu telefone, Mel?
— É, mas eu não vou atender.
— Eu estou com ciúmes — disse e se encolheu na cama.
 "Oi? Ciúmes? Como assim? Você é aquariano! Você não assumiu nada até agora com as atitudes que eu espero."
Balanço a cabeça.
"Bem feito então."
Mas foi bonitinho. Pego o celular e mostro um grupo de amigos no zap para ele.
— Olha, tem alguém aqui para você ficar com ciúmes?
Leonardo olha, sorri igual criança e segue me beijando.
"Nem questionou o pó azul no chão."
Mordo seu pescoço e gemo.
"Podia ser mandinga, neném, presta atenção."
Eu subo em cima do Leonardo e tiro o sutiã.
Ele olha e pega de baixo para cima. Desliza as mãos para as minhas costas e me puxa perto de sua boca.
— Me beija, Mel.
Eu beijo e sinto o gosto do vinho ainda em sua boca.
Leonardo põe a mão por baixo do meu cabelo e levanta para me morder a nuca, o pescoço e as orelhas.
Já posso sentir o suor se fazendo em seu corpo, junto com a respiração ofegante.
— Eu adoro você, Mel.
— Ai.
— Para de brigar comigo, Mel.
"Tranqueira. Pare de me dar motivos para brigar com você!"
— Ai.
"Não vou pensar nisso agora."
— Ai.
"Onde estávamos mesmo?"
Eu começo a rebolar em cima dele e me esfregar em seu corpo.
— Deusa.
Ele me vira com tudo e logo sobe em mim, ao mesmo tempo que me beija e me segura com as mãos para cima.
— Você é minha, Mel, minha!
— Ai.
— Geme para mim, delícia, geme.
"Eu, gemer? Imagina."

Crush n° 3 - parte 5

Bem mais tarde, Leonardo decide ir embora.
— Por que você não quer dormir aqui?
— Vou deixar você sossegada.
"Hum."
Vou com ele até a porta.
— Você ainda vai ser só minha, você vai ver – Leonardo fala.
"Oi? Hello? Hello? A gente não fala a mesma língua, não é possível."
Eu vou para a cama.

[02:35] Leonardo: Dorme, deusa.
[02:36] Leonardo: Vc é um sonho.
[02:37] Leonardo: Dorme bem, Deusa.
[02:37] Leonardo: Vc é inesquecível.

Tem como não se apaixonar?
Eu vou dormir.

A dinâmica e curiosidades dos crushes

Vivendo a vida com *crushes*.
O *Crush* Nº 10 me manda bom dia logo cedo:

[09:32] Otávio: Bom dia.

"Não vou responder, querido, você ficou com a minha amiga, e você é pessimista, beija mal para caralho e ainda brocha."
Vácuo!
Carlos, Nº 5, segue curtindo minhas fotos no Instagram.
O *crush* Nº 9, Jeferson, ainda deve estar preso.
— Será que vai me mandar foto de lá, usando a minha calcinha?
"O que que eu quero com as calcinhas dele? Se ainda devolvesse a minha, intacta."
É muito *crush* para uma pessoa só.
Vai vendo a bagunça na vida da pessoa.
Vídeo conferência com o Nº 8!
"Aproveito para fazer a entrevista em seguida."
Conectando.
"Doido, tão lindo e ele colabora, todo bonitinho."
Na minha linda escrivaninha, em frente ao computador, com um belo de um café.
— E então, Gustavo, você não sabe ainda como organizar a mulherada?
Eu suspiro, admirando a beleza dele.
— Elas me deixam louco, Mel.
— Já pensou em ficar com uma só? De qual você gosta mais?
— Eu gosto de todas, esse é o problema.
— E esses chicotinhos que você comprou, elas gostam?
— Elas que me batem, Mel.
Eu rio e tomo um gole de café.
"Pracaba esse Gustavo!"
Gustavo não sabe como organizar a quantidade dos *crushes*, além dos cinco chicotes recém-comprados, tem um de cor rosa e um chapéu de *cowboy* para combinar.
"O que a pessoa tem na cabeça?"
Respiro fundo, olhando para ele.
"O quão afetada as pessoas ficam com a dinâmica deste *app*, meu Deus? E eu? Eu preciso de terapia!"

Deu Match!

Eu!
Terapia, análise e Rivotril!

Mais tarde, no sofá, tomando refrigerante bem gelado.
Eu ainda tenho que decidir com o *crush* Nº 1, quando faremos a entrevista pessoalmente para o meu livro.
Conversinha com o Nº 1, meu pisciano do sorriso lindo, cabelo grisalho, sobre o encontro que estamos planejando:

 [16:02] Reinaldo: Vamos combinar de nadar na piscina aquecida do prédio?
[16:02] Mel: Depois da entrevista?
[16:02] Reinaldo: Na sequência?
[16:03] Mel: Seu braço tem que sarar.
[16:03] Reinaldo: Fico boiando.
[16:03] Mel: Kkk.
[16:27] Reinaldo: Mas acho que nem na piscina posso ficar, o médico disse é ruim de cicatrizar.

Mais uma conversinha mole para manter em banho-maria.
Começo a considerar a possibilidade de eu não estar prestando muito.
Eu sou uma vítima da cultura organizacional do *app*!
Vai vendo.

Na minha cama, me espreguiçando e pensando.
"Depois tem encontro com o Nº 11, o Zé."
Não tenho certeza que tenho tudo sob controle no momento.
Tem vários *crushes* falando comigo no *app* e vários Ois, que eu nem abri.
"Socorro. Eu não vou responder ninguém."
Greve geral, parou!
Reclamações: 0800 e o diabo a quatro!
Quero nem saber!

Meia hora depois.

A dinâmica e curiosidades dos crushes

[10:12] Áudio do Carlos: Não abriu, WhatsApp às vezes é f.
[11:59] Áudio do Zé: Não abriu.
Leonardo: N A D A.

Gostaria de poder culpar o Zuckerberg por todos os itens anteriores.
A pane no Face e no WhatsApp está acontecendo no país inteiro, o dia todo.
No Leonardo também. Só que esta dura bem mais.
Porcaria.

MINHAS DICAS DE FOTOS E PERFIL

Antes de eu começar as entrevistas sobre o que os homens esperam, fazem etc., vou falar aqui o que considero óbvio, mas na prática...

FOTOS!

Gente do céu, do meu humilde ponto de vista:
— Fotos sem boné, pelo amor. Vocês já são homens, não moleques.
— Menos fotos mostrando bebida ou vocês bebendo. Nós mulheres procuramos um homem e não um alcoólatra.
— Se você tem papa, evite tirar foto de baixo para cima, fica melhor.
— Por que colocar foto com 1/3 do rosto aparecendo ou menos? Está escondendo o quê?
— Presta atenção no entorno da foto. Se você não tem nenhum lugar bonito para tirar foto, tira com uma parede branca atrás.
— Uma foto só? Quer enganar a quem?
— Não precisa nem dizer que não é para colocar foto *fake*, né?
— Fotos do cachorro, da família, do carro, do seu negócio? Ninguém aqui quer entrar na sua vida logo de cara para saber tudo isso. Põe suas fotos que é bem mais assertivo.
— Casado? Toma vergonha na cara!
— Fotos sem camisa? Pensa bem. Veja sua foto, reflita e depois decida. Você é mesmo tão gostoso assim? Aposto que não.
— Fazendo biquinho? Não!
— Fazendo gracinhas em todas as fotos? Está procurando uma mulher ou uma mãe adotiva?
— Todas as fotos fazendo esportes. Cansa só de olhar.
— O *app* não é sua sala para colocar foto de paisagem!

MINHA SUGESTÃO:

— Uma foto, vestido socialmente, seja lá como for para você, é legal passar uma imagem de que você trabalha, que é bem-sucedido profissionalmente. E é capaz de ser um homem sério.

Deu Match!

— Uma foto na academia ou fazendo algum esporte que você gosta.
— Uma foto sorrindo, nítida.
— Uma foto, sério, também nítida.
— Uma das fotos mostrando o corpo, onde se possa ver sua altura e todo o conjunto.
E as demais, querido, você que manda, mas por favor, tenha bom gosto e bom senso.

PERFIL:

Antes de escrever seu perfil, pense sinceramente no que você quer. Se você nem sabe o que quer, talvez nem deva escrever nada, pois já irá passar exatamente esta mensagem, que você não sabe o que quer. E a responsabilidade fica com quem clicar em você.

Caso você saiba o que quer, trate de ser sincero. Não faça pessoas legais como eu, perder tempo com você.

Se quer só uma aventura, escreva isso. Se quer namorar, escreva isso. E assim por diante.

Não minta sobre sua altura, basta uma olhadinha de longe e a gente já sabe a altura verdadeira. E isso serve para peso, cor dos olhos etc.

O ideal é ser você mesmo, falar como você é. A não ser que você seja um completo babaca e tenha consciência disso. Aí o ideal é sair do *app* e deixar as pessoas seguirem sem esse desserviço.

No mais, digite a sua idade corretamente, para que enganar as mulheres com isso? Sem necessidade. Você pode ter cinquenta anos, mas se for bem apresentável e possuir algumas qualidades, não é a idade que será um problema. E vice-versa, você pode ter uns trinta e oito anos e ser um tonto e não vai ter tantas chances assim. Portanto, não minta. Se você não tiver muitas qualidades para definir você, sugiro trabalhar em você mesmo e não em mentiras cabulosas no *app*.

Escreva características suas, tipo:

Profissional x, idade y, procuro isso ou aquilo, gosto de a, b, c, e d. E não gostaria e, f, g, h, i (caso ache importante mencionar).

Se houver sinceridade é o que mais vale. Acredite. Cedo ou tarde nós vamos saber se você mentiu ou não.

Nós somos fodas!

Crush n° 1 – parte 3 – a entrevista

Alguns dias se passam.
Eu desinstalo o *app*.
— Basta!
"Foco no livro que é a parte boa dessa aventura toda!"

[15:28] Mel: E aí?
[15:29] Reinaldo: De pé a entrevista?
[15:29] Mel: Sim.
[15:29] Reinaldo: Como prefere fazer?
[15:29] Mel: Vem em casa.
[15:29] Reinaldo: Se quiser, pode vir aqui.
[15:30] Mel: Quer decidir por mim?
[15:30] Reinaldo: Kkk.
[15:31] Reinaldo: Pode decidir vc.
[15:31] Mel: Sou libriana.
[15:31] Reinaldo: Sou pisciano.
[15:31] Mel: Eu sei. Vem aqui, então.
[15:31] Mel: Pronto.
[15:31] Reinaldo: Ok.
[15:31] Mel: Que horas vc vem?
[15:32] Reinaldo: Vou tentar sair mais cedo, pq tenho que levar o *dog* para passear e ficar um pouco com ele.
[15:32] Mel: Pai de cachorro.
[15:32] Reinaldo: Arrumei mais um filho.
[15:32] Mel: Que bonitinho.
[15:33] Reinaldo: Gosta de 🐶 ?
[15:33] Mel: Claro.

"Ai meu Deus, não, mil vezes gato."

[15:34] Reinaldo: Se quiser, nos encontramos mais cedo, pode ir em casa, assim pulo a etapa da assistência canina.
[15:35] Mel: Se quiser eu vou na sua casa, mas não gostaria de ir mais cedo pq estou fazendo um trabalho.
[15:35] Mel: Penso em algo a partir das 20h.

Deu Match!

[15:36] Reinaldo: Por mim, tranquilo.
[15:36] Mel: Ok.
[15:36] Mel: Às 20h30 aqui ou aí??
[15:37] Mel: Dois signos indecisos.
[15:37] Reinaldo: kkk.
[15:37] Reinaldo: Totalmente.
[15:37] Mel: Né?
[15:37] Mel: Até às 8 a gente decide.
[15:39] Mel: Bj.
[15:39] Reinaldo: Bjo.

Pai amado. Peixes e Libra. Dois signos do bem: bem indecisos.
Vai vendo.
Lista de perguntas pronta. E curiosa para saber o que o Reinaldo tem a dizer.
E doida para matar a saudade também, né? Um *revival* não vai ser nada mal, o Reinaldo é uma delícia!
— Ai, ai, Minha Nossa Senhora dos 20 centímetros!
Quando a gente se encontra com um *crush*, tem toda uma perspectiva de querer agradar, conquistar, impressionar, é parte de um jogo.
Este encontro não precisa mais disso. Vai ser uma conversa aberta sobre o aplicativo e as experiências vividas por causa dele. Um encontro sem máscaras. E isso me excita muito mentalmente, mais do que qualquer encontro.
— Minha qualidade favorita, lembra?
"Tá lá no perfil: T R A N S P A R Ê N C I A."

Decido ir até a casa do Reinaldo e o informo.
"E assim meu porteiro não confunde você com o Leonardo ou com o Carlos."

[18:10] Mel: Eu vou aí, posso então?
[18:11] Reinaldo: Vou passar o endereço e podemos combinar umas 20 horas, o que acha?
[18:11] Mel: Show!
[18:12] Reinaldo: 👍.
[18:13] Mel: Obg.

"O porteiro tem Alzheimer, tá ligado? Eu nem fiz nada, maior viagem dele, nada a ver."
Eu estou saindo de casa.

[19:42] Reinaldo: Mel, podemos atrasar 20 min?
"Pisciano, pisciano, o que você está fazendo?"

Crush nº 1 - parte 3 - a entrevista

Eu chego no condomínio do Reinaldo às 20h40, para a suposta entrevista!
Entro no elevador, que para no primeiro andar.
"Quem eu vejo?"
Abaixo a cabeça imediatamente.
Entra o Chico.
"Jesus, Maria, José, socorro!
Minha respiração para.
"Reinaldo do céu, você devia ter melhores vizinhos!"
Sinto meu coração bater.
"Faltam 9 andares."
Eu coloco a bolsa na minha cara.
"Não me reconheça, não me reconheça, não me reconheça!"
Tento colocar os pés um atrás do outro.
Pior que eu estou com uma sandália *sexy* e linda.
"Não olhe para o meu pé, tarado. Não olhe. Não olhe. Não olhe."
Mal respiro.
"Porcaria, olhou."
Estou com os olhos de fora apenas. Ele fica tentando me olhar e abaixa a minha bolsa.
Eu seguro a bolsa e o cara puxando.
Tudo em silêncio.
"Mas que cara de pau."
— Eu conheço você – ele diz, tentando ainda abaixar a minha bolsa.
E eu relutando.
— Eu não conheço o senhor, desculpe.
— Ah, Mel, achou que eu não ia reconhecer sua voz e seus pés?
"Ai, meu Deus!"
— Abaixa essa bolsa, Mel!
Ele se abaixa no chão para beijar meu pé.
— Para Chico, para!
— Não paro, deixa eu beijar esses pés lindos.
Ele beija, cheira, suspira, geme, de joelhos no elevador.
— Para Chico – eu falo chacoalhando o pé, enquanto ele beija e chupa meus dedos.
"Eca!"
Eu olho para a câmera e começo a pedir ajuda, mas nada.
"Como alguém vai me ajudar dentro do elevador com um tarado de pés?"
De repente a porta abre e eu estou no andar do Reinaldo.
Reinaldo está de pé com uma rosa na mão me esperando e se depara com o Chico de joelhos agarrando o meu pé e o beijando.
— Não é nada disso que você está pensando. Eu juro.

Deu Match!

Dentro do apartamento do Reinaldo.
— Desculpe, Re, esse seu vizinho foi um dos desastres na minha lista de *crushes*.
— Eu sei, Mel.
Eu paro.
— Sabe?
Ele me olha.
— Sei, digo, imagino.
— Hum.
"Será que ficou com ciúmes? Adoraria!"
Vamos para a entrevista!
"Sei."
Até eu duvido das minhas intenções nas atuais circunstâncias.
O cachorro do Reinaldo se aproxima.
"Ai meu Deus, agora tem cachorro."
Eu balanço os meus pés, para ele sair de cima deles.
"Socorro! Não! Não! Não! Não pule em mim e não lamba meus pés. Ai, meu Deus, sai!"
Eu olho para o Reinaldo, que acha o máximo.
"É uma bola de pelos, cheia de baba. Tá, tá, eu gosto de cachorro, mas não em cima de mim. Não deste tipo."
Eu fico tentando me desvencilhar do cachorro o tempo todo, enquanto Reinaldo abre um vinho com o braço enfaixado.
— Quer que eu abra o vinho, Re?
— Não, eu já estou conseguindo.
"Hum, ok, tudo por um *crush* e por uma boa entrevista."
— Posso fazer as minhas perguntas já?
— Não, entrevista só depois que acabar o vinho.
"Ai, meu Deus."
Nós rimos e a conversa flui. Conversar com o Reinaldo é sempre bom, ele é aberto, além de muito cavalheiro.
Eu olho para o cachorro lambendo meu pé de novo.
"O cachorro não é tão cavalheiro assim."
Por algum motivo o Nº 1 está mais aberto para mim agora do que antes.
O que será que mudou?
"Feição."

Depois de um tempo, já estamos no sofá, sendo interrompidos o tempo todo pelo cachorro, falando sobre o aplicativo.

Crush n° 1 – parte 3 – a entrevista

O cachorro late e pula em cima de mim.

"Hum, sai daqui, criatura."

— E então, Mel, como é que vai o seu livro sobre o aplicativo?

— Sabe que eu podia ter saído do aplicativo após ter conhecido você, né?

— É?

— É.

Ele fica me olhando de olhos bem arregalados, quieto.

Continuo:

— Eu me interessei e me envolvi com outra pessoa depois de você, mas não tem dado muito certo.

— E no livro, você conta tudo isso?

— Tudinho.

Risos.

— Qual foi sua pior experiência, Re?

— A pior experiência foi com uma mulher recém-separada, que o marido veio atrás de mim.

— Oi? Pqp, como é isso?

— Ele descobriu onde eu trabalhava e me chamou no telefone, começou a brigar comigo de cara, ficou me ligando, grosseiro.

— Minha nossa.

— Eu acabei bloqueando ela e o suposto ex no telefone.

— Que perigo.

Conversa vai, conversa vem, goles de vinho e o cachorro entre uma coisa e outra.

Já pensou encontrar uma louca desavisada com um marido solto no *app* bancando o solteirão?

"Tem vários, viu, gente? Atenção, que tem homem que é PHD na arte de não prestar!"

Detalhe que o Reinaldo é o segundo *crush* a me contar que utiliza mais de um aplicativo.

"Eu não dei conta nem de um."

— Eu me sinto mal por usar o aplicativo, Re. Me tira o foco, provavelmente, do caminho certo.

— Eu sei que seu pai é pastor, tem a igreja, deve deixar você bem confusa.

— Exatamente isso, Re.

— Minha mãe também é da igreja do seu pai, eu sei como é.

— Eu sei, por isso me sinto à vontade para falar com você sobre isso.

— Eu também já passei por esta fase, Mel, de pensar assim.

— Sério?

— Sim, mas pensa, Mel, o mundo está indo nesta direção. Daqui um tempo, se não for por aplicativo, como as pessoas irão se conhecer? É normal.

"É, dez mulheres por semana me soa bem normal mesmo."

— Eu não tinha pensado nisso.

— No começo, quando a gente começa a usar o aplicativo, fica no embalo mesmo, mas depois muda, você se acalma.

— Gostei de ouvir isso, talvez eu me sinta melhor.

Olho fundo nos olhos dele.

— E você saiu do aplicativo, Reinaldo?

Deu Match!

— Saí.

"Hum!"

Foram horas de conversa e vinho.

E o cachorro acompanhando tudo.

— Que conselho você me daria para encontrar alguém como eu quero?

— Tira o relacionamento sério. Primeiro você tem que conhecer, fazer amizade, para depois dar em alguma coisa.

— Mas se com o relacionamento sério já tem várias opções, eu não quero mais.

Rimos.

— E com você, Re, o que eu fiz de errado?

— Você não fez nada de errado.

Silêncio.

Cachorro pulando.

Silêncio.

Cachorro lambendo meu pé.

Rimos.

Cachorro correndo.

— Mas não deu certo, Re.

— Mas eu queria, só que estava numa fase ruim.

"Como assim, peste?"

— Eu achei que você não queria.

Entre várias risadas e o cachorro que ora pula em mim ora pula no dono, ora pula no vinho ou em cima da mesa.

— Eu vou levar você para uma balada, Mel, vamos?

— Balada? Sério?

— Mel, pare de ser velha, você vai na balada comigo.

— Velha? Que audácia a sua dizer isso.

— Velha!

— Eu vou diminuir sua nota na minha planilha.

— Que nota? Como assim? Qual é a minha nota? Meu Deus do céu.

"Segredinho, meu amor."

O Reinaldo é cavalheiro demais para me agarrar, eu sabia que ele só me beijaria se eu o beijasse primeiro. Então vamos logo de uma vez.

Beijo!

Foi.

"Para. Para tudo. O que é isso? O cachorro gemendo em cima das costas dele. Ciúmes?"

Crises de riso.

"Cachorrinho lindo, amor da titia, dê uma pausa, pelo amor de Deus."

Bom, se a conversa já estava boa, melhorou ainda mais.

Reinaldo me beija e intercala com olhares.

— Ai.

Reinaldo aperta as minhas costas e desce para as nádegas.

Crush nº 1 - parte 3 - a entrevista

O gosto do vinho em seus lábios. Eu tiro sua camisa.
Respiração ofegante e o cachorro latindo.
— Reinaldo, manda ele ficar quieto.
"Socorro."
Reinaldo me morde o pescoço, abraça, puxa o cabelo e me arrasta para o quarto.
— Vem, Mel!
"Ai, lá vem a Nossa Senhora dos 20 centímetros!"
Ele me leva de mão dada.
"Ui."
O mais engraçado é que Reinaldo está bem mais carinhoso do que antes. Acho que a honestidade além do encontro via aplicativo cria uma possibilidade bem mais profunda de conhecer alguém.
Diferente da outra vez, Reinaldo pede para eu dormir na casa dele.
Se tem alguns pontos para eu medir o interesse de alguém por mim, este é um deles: "vai embora não, bebê, dorme comigo!"
"Durmo nada. Minha cabeça está uma zona, aliás, se quer ficar comigo, devo perguntar, por que não ficou comigo antes? Você foi o primeiro, teria evitado toda essa bagunça."
PQP, né?

Graças a Deus em casa!

[01:46] Mel: Cheguei, Re.
[01:46] Mel: Beijo.
[01:47] Reinaldo: Uma ótima noite e durma bem! 😴

"Ai, que delícia, vou dormir."
O celular apita.
[01:51] Gustavo: Mel, atende o telefone, é urgente!

"Mas como assim? Eu quero dormir!"
Ele me liga e conta que está no motel. Foi algemado na cama por uma doida, que ficou brava e foi embora, levando sua roupa e carteira.
— Não, Gustavo, que encrenca. Você é pior do que eu!
— Me ajuda, Mel, pelo amor de Deus.
— Tá, tá, aguenta aí.
Ligo para a Gil e explico o caos:
— Vamos comigo, Gil?
— Ver aquele homem lindo algemado na cama? Lógico que eu vou!
— Mel, por que ele paga você para fazer terapia, se você é doida igual ele?

— Ele que quis, Gil, encheu meu saco para isso.
— #Partiu motel salvar o Gustavo.
A Gil fica feliz que vai ver o bofe pelado.
"Vaca tarada."

No motel, eu explico a situação e em seguida abrem o quarto 33 para eu entrar com a Gil.
Eu não consigo conter o olhar naquele homem lindo pelado em cima da cama.
"PQP!"
A Gil de boca aberta.
"Minha nossa, que tesão de homem!"
— Fecha a boca, Gil!
"E adianta?"
Ela sobe em cima dele, na frente dos funcionários e brinca de cavalgar sobre ele.
— Pelo amor de Deus, Gil.
"Gustavo sorrindo, eu mereço."
— Gente, vocês estão de brincadeira comigo?
"E não é que ele fica de pau duro? Que sem vergonha do caramba."
Tem umas cinco pessoas dentro do quarto.
Chicotinhos ao lado da cama, máscaras e objetos obscenos.
Um funcionário especializado nesse tipo de emergência abre a algema. Gustavo se veste com a roupa que eu peguei do meu filho e a Gil fica comendo o doido com os olhos. E vice-versa!
"Não falta mais nada para essa noite."
— Vamos embora!
Suspiro.
"Devia ter ficado na cama do Reinaldo."
— Ai, ai.
"Ou do cachorro."

No dia seguinte, trabalhando.
"Ah, como eu adoro a minha sala, vista para as árvores, silêncio e o sossego de estar sozinha. Um dia lindo, chovendo."
Posto uma foto da vista da minha janela no Instagram.
O Reinaldo curte. E logo a surpresa.

[13:52] Reinaldo: Uma ótima 5ª chuvosa!

166

Crush n° 1 - parte 3 - a entrevista

Quantas mudanças.
Não me lembro dele ter me agradado assim antes.
Ele é o único que me entende bem em relação ao meu pai, tem esse detalhe que é importante para mim.
As voltas que o mundo dá.
Quando conheci o Leonardo ainda pensava no Reinaldo.
Ontem estava com o Reinaldo e pensava no Leonardo.
"Eu já falei que sou libriana, né?"

[13:53] Mel: Lindo. Ao lado da janela, com um cobertorzinho e café. Escrevendo.
[13:54] Reinaldo: Aproveite.
[14:03] Mel: Sem cachorro nas minhas costas.
[14:03] Mel: Sua nota na planilha permanece a mesma.
[15:08] Reinaldo: Isso é bom ou ruim?
[15:09] Mel: Qualquer dia desses eu te conto.
[15:10] Reinaldo: 🙈
[15:10] Reinaldo: 🐶

Atenção para o *emoticon* do cachorro!
"Foco no trabalho, Mel, pelo amor."
O celular vibra.
"Quem vai roubar o meu foco agora?"
Mensagem do Chico, perguntando quando eu vou visitar seu prédio de novo!
Vácuo em você, meu bem! Só visito seu vizinho e o cachorro babão dele! Você não! Aliás, você deve ser primo do cachorro, não é não?
O celular vibra outra vez.
— Opa, mensagem da Gil. Deixa eu ver.
"Não acredito, ela quer o contato do Gustavo!"
— Gil...
"Ai ai ai, viu o pau dele e ficou deslumbrada, a biscate."

[11:01] Traveca: Só vou pedir uns *nudes*, Mel.
[11:01] Mel: Acho bom, Gil, ele não está valendo nada no momento.
[11:02] Traveca: Olha, quem fala.
[11:02] Mel: Gil!

"Foco!"
Modo avião!

Deu Match!

Bem mais tarde, eu continuo pensando no Nº 3, apesar do retorno do Nº 1.
"Que saudade do Leonardo."
— Será que ele vai me deixar sozinha no sábado outra vez?
"Vou testar!"

[17:00] Mel: Comprei uma cama nova. Já chegou.
[17:01] Mel: Vem estrear ela comigo no sábado?
[17:03] Leonardo: Oi, delícia! Com certeza eu vou sim, estou com saudades de vc, galega! 😍

"Olha, ele responde imediatamente e do jeito que eu gosto, cachorro."
— Porque eu não consigo acreditar nele, mesmo quando ele escreve exatamente o que eu quero?

[17:04] Mel: Delícia.
[17:04] Mel: Vc não vai se arrepender.
[17:04] Leonardo: Eu nunca me arrependo 😍
[17:04] Mel: Ui.
[17:05] Leonardo: 😚
[17:05] Mel: Ah, eu vou te entrevistar no sábado tb.

Ai meu Deus, isso vai ter que ser depois da diversão, senão vai dar m.

[17:06] Leonardo: Que medo! 😂😂😂

Melhor ir de cinta-liga, se ele encher o saco, eu dobro ele.
— Manda quem está de cinta-liga, meu bem, é assim que funciona!
"Será que o Gustavo me empresta o chicotinho rosa-choque?"

Crush nº 11

Zé

Nome	Zé
Idade	40
Signo	Áries ♈
Profissão	Fisioterapeuta
1º Encontro	Bar Morumbi
O que eu mais gostei?	Zen
O que eu não gostei?	O beijo e 2 cachorros
Bom de 0 a 10	8
Galinha de 0 a 10	6
Bonito de 0 a 10	8
Peculiaridades	Mora sozinho numa casa enorme
P, M ou G	Não dei pra saber

Deu match!

Perfil: *Solteiro, bem resolvido!*

Caminhada com a Gil de manhã.
— Potranca gostosa – um cara grita do carro para a Gil.
— Vai se foder, filho da puta.
O cara dá ré e volta com a cabeça para fora.
— O que você disse?
— Para você ir se foder! — a Gil repete.
"Pqp, vai dar merda."
— Para, Gil!
— Gil, é? – o cara do carro pergunta, sorrindo.
— É Gil sim, por quê?
— Ah, porque eu fodia você todinha, potranca.
— Não tem pau para isso, criança – a Gil provoca.
— Olha aqui então, travecona.
O cara mostra o pau enorme para a Gil.
— Ui – ela fala, gemendo.
— Gostou, né?
— Gostei, mas estou de regime!
— Não aguenta, né, potrancona?
— Eu ando muito ocupada.
Ela sai desfilando e o cara vai embora, acelerando.
A linda toda embalada a vácuo, não tem para ninguém.
Estamos quase chegando na frente do café, onde tem o paquera da Gil.

Crush nº 11

— Olha lá o atendente na frente do café, esperando a gente passar, Mel.

— A gente não, né? Você, dona Gil!

Gil rebola que é uma coisa.

Ela passa na frente dele e mete a mão na bunda do rapaz.

"Jesus."

E eu que achava ruim as cantadas que levo. Agora com ela, eu não levo mais nenhuma.

"Meu mundo acabou!"

Ainda estamos na frente do café, caminhando tranquilamente, quando, do nada, aparece o Roberto com o pai dele.

"Gente, que mundo ovo é esse?"

Suspiro.

"Esse café virou *point* de *crushes* indesejáveis, é isso?"

— Gil do céu!

Eu tento disfarçar, mas a Gil não tem tempo de perceber o meu pavor.

O doido para e começa a reclamar de mim para a Gil:

— Você é amiga dessa aí, é? – apontando para mim.

Gil me olha e dá risada.

"Eu vou matar essa traveca!"

— A Mel trocou eu e meu pai por um aguado qualquer, você acredita?

— Não acredito! – ela responde em tom de deboche e sorri de canto para mim, piscando.

O Roberto tenta me agarrar.

— Larga ela, seu doido.

— Obrigada, Gil!

Roberto tenta me agarrar de novo e a Gil me protege. E o atendente protege a Gil!

— Me solta, Roberto!

— Eu sou doido por você, Mel!

— Doido, doido, doido de pedra! Isso que você é, Roberto!

A Gil finge estar interessada no caso.

— Se você quiser, eu posso ajudar, Roberto!

"Oi? Como assim?"

— Como você vai me ajudar, Gil?

— Eu sou terapeuta de casais.

"Mas que sacana."

Ela pega o telefone dele, dizendo que fala com ele mais tarde, sobre mim e sobre nós.

"Que não sobre para mim, tudo bem."

— Eu vou ligar para você, Gil – ele fala, olhando para mim.

"Gil além de linda é esperta."

Não tem como não rir ao lado dela.

O doido vai embora.

"Ufa!"

Continuo a caminhar com a Gil.

— Numero errado, né, Gil?

Deu Match!

— Óbvio!
Risos.
— Você fala, fala, que está cansada do *app*, mas não para de arrumar *crush* novo, Mel.
— Estou seguindo seus conselhos, Gil? E este vai ser o último, é que eu não sabia, se eu ia ficar bem com o Leonardo, eu nunca sei.
— Vamos ver, esse Leonardo aí também, não sei não, se não vai te deixar na mão de novo.
— Eu sei, também não confio.
— Ah, quer saber? Partiu bofe novo! Aproveite mesmo!
Respiro fundo e suspiro.
"Ok, chega de *app*, último *crush*, eu prometo."
Zé me mandou alguns áudios desde que começamos a conversar. Marcamos no bar.
"Sim, o de sempre! E a Gil não vai me acompanhar desta vez."
Foco na caminhada.
— Veado!
— Para de xingar os caras, Gil, pelo amor!
"Vergonha atrás de vergonha."

Noite, uma chuva de lascar e eu com dificuldade para enxergar o trânsito caótico de São Paulo.
"Bom avisar."

[20:50] Mel: Errei a entrada.
[20:50] Mel: Calma.
[20:50] Mel: Não vai embora.
[20:51] Zé: Kkkk.
[20:51] Zé: ☹
[20:53] Mel: 5 minutos.
[21:02] Mel: Cheguei.

Chuva, chuva, chuva.

O bar está lotado.
"Cadê ele? Ok, levantou os braços lá atrás para mim."
— Jesus amado, que bonito.
"Tem alguém conspirando contra minha sanidade mental, não é possível."
— Oi, Zé, tudo bem? Que bom que me reconheceu.
— É, você é bem parecida com suas fotos.

Crush nº 11

Ele ri.
Está um barulhão no bar e a chuva mandando ver do lado de fora.
Conversinha básica de início de encontro.
— E aí, tudo bem?
— Tudo e você?
Can-sa-da desta parte.
Meu telefone vibra.
— Só um momento, Zé, por favor.
— Claro.

[21:33] Traveca: E aí?
[21:33] Mel: Tudo certo, bj.

A conversa flui bem.
— Então, Mel, eu não tenho religião e nem sou espiritualista, mas procuro me melhorar.
— Verdade, Zé? Que coisa boa.
E a minha consciência pesa, já que ainda penso no Leonardo.
"Eu sei, eu sei que é errado, mas quando marquei esse encontro eu ainda estava brava com o safado e agora estou com saudade."
Conversa vai, conversa vem e a chuva mandando ver.
— Meu pai é pastor, Zé!
— Pastor?
Ele sorri.
Que cara legal esse Zé. Certamente um argumento e tanto para nunca mais voltar para o *app*.
— Eu vou querer te ver mais vezes, quero sair com você, quero muito mais de você, Mel.
"Ui"
— Claro, vamos conversando.
Nem eu sei, se acredito nisso, não pelas qualidades dele, mas eu já passei dos meus limites. E a minha cabeça está bem confusa.
Vai vendo.

Crush nº 3 - parte 6

No dia seguinte, estou em casa, pensando com meus botões.
"Bom, se eu vou ver o Leonardo no sábado, e isso já está combinado, em função da cama nova, ui, não custa nada pedir para ele assar a abóbora que está em casa há mais de uma semana, para fazer a sopa que eu aprendi a cozinhar com ele."
— Eu não tenho forno no apartamento ainda – falo sozinha.
"E com essa desculpa para ir ao apartamento dele, não vou comprar tão cedo."

[12:02] Áudio Mel: Meu amor. Posso levar a abóbora na sua casa, você coloca no forno para mim? É que eu machuco muito a minha mão para descascar. Me fala, beijo.
[12:03] Áudio Leonardo: Bom dia, meu amor. Pode, pode trazer o dia que você quiser. Deixo no forno, faço tudo que você quiser. Tá bom? Beijo, é só falar.

"Nossa, que amor."

[12:03] Mel: Hoje. Me fala o horário.
[12:04] Leonardo: Vem depois das 19 hs, gata, eu vou ter que sair e volto depois das 18hs.
[12:04] Mel: Tá bom.
[12:04] Mel: Obrigada.
[12:08] Leonardo: 😘

— Partiu sopa!
E amanhã eu já terei comprado o bendito amaciante de todos os deuses, anjos e santos eróticos!

Bem mais tarde.
Saio da escrivaninha e corro me arrumar!
"Hum, faz tempo que não vou na casa do Leonardo, que gostoso."
Verifico todos os itens de beleza.
Xampu abençoado, água fluidificada e o amaciante mágico!
— É o azulzinho, tá? – falo sozinha e rio.
Agora eu comprei o bendito amaciante!
Vamos ver uma roupa bem provocante, mesmo com frio.
"Calça a vácuo, blusinha barriga de fora, salto alto, calcinha transparente, perfume, correntinha em volta da cintura, ui."

Deu Match!

[19:27] Leonardo: Vai vir, deusa? 😍

"Calma, neném, estou indo. Ui, adoro."

[19:28] Mel: Vou.
[19:29] Mel: Levo *tupperware* pra trazer a abóbora depois, né?
[19:29] Leonardo: Traga.
[19:30] Mel: 5 minutos.
[19:30] Leonardo: 🤭

A caminho.
Na pose!
Suspirando.
— Eu desfilo nesse condomínio.
"Na passarela, a doida do Nº 6, que tem 11 *crushes* e não está valendo nada."

Na portaria do prédio do Leonardo, entro carregando a sacola com abóbora e vasilhas.
O porteiro olha para mim, dá um sorriso e um olhar de canto.
"Engraçado como os porteiros do Leonardo nunca me falam nada, faz três meses que eu venho aqui, eles só me olham e me deixam passar direto."
— Por que só o meu porteiro me sacaneia?
Leonardo abre a porta e é aquela recepção calorosa de sempre: me agarra, me pega, me beija de-mo-ra-da-men-te, tudo ao mesmo tempo!
— Toma – digo, entregando a sacola.
"Para não, amor."
Eu entro, ele bate a porta e continua me agarrando na cozinha, depois de deixar a sacola de lado.
— Vamos, coloca no forno, quanto tempo leva, Leonardo?
— Uma hora.
— Então, eu estou com fome.
— Eu também, galega.
Ele cheira meu cabelo e parece que suas calças já vão arrebentar.
"Bendito amaciante."
— Ai.
"Pausa, *please*, foco, bebê!"
— Vamos fazer a sopa primeiro, Leonardo!
— Vamos! Me ajuda, vai.
"Ok, corta a abóbora, tira as sementes, enrola no papel alumínio, põe na forma e vai pro forno."

Crush n° 3 - parte 6

O Leonardo faz tudo em silêncio.
"Às vezes ele fica tão sério, eu não gosto muito disso."
Não é lá muito romântico trabalhar a abóbora.
"Mas esperar assar vai ser."
— Pronto, deusa! Abóbora no forno!
— Quanto tempo a gente tem?
Ele sorri, mordendo o lábio e vai se aproximando com as mãos em direção ao meu corpo.
— Uma hora!

Leonardo me arrasta para o quarto dele, sem cerimônia.
— Saudade de você, Mel.
Ele me vira contra a parede e levanta o cabelo para cima.
Eu rebolo para ele e ouço um gemido:
— Ai, Mel.
Leonardo beija, morde minha nuca com as mãos nos meus seios e se esfrega inteiro em meu corpo.
— Ai.
— Está com fome, amor?
— Muita, galega, morrendo de fome.
Ele me vira de frente e fica de joelhos. Morde entre minhas pernas por cima da roupa, encarando meus olhos.
"Pqp."
Leonardo começa a tirar a minha calça. Ele abaixa e chupa a minha pele. Abaixa e chupa outra parte.
— Ai, Leonardo.
— Está gostoso, amor?
"Imagina."
— Está.
Ele agora fica em pé e tira o resto da minha roupa.
 "Como ele me aperta, pai amado, eu vivo roxa."
Ok.
O tempo de a abóbora assar vai passar rapidinho.
De repente, o Leonardo para, para conversar.
"Oi?"
— A gente vai assumir quando esse namoro, Mel? Passou da hora já, né?
"Ele em cima de mim de p duro."
— Leonardo, você quer falar disso agora?
— Você vai assumir ou não? E não é pra mudar de ideia no dia seguinte.
— Leonardo, a gente vai falar sobre isso, hoje, mas não agora, assim.

Deu Match!

"Depois né, neném?"
Eu puxo o Leonardo sobre o meu corpo.
— Safada.
— Toda sua, meu amor.
Leonardo começa a movimentar seu corpo sobre o meu e o meu suor se mistura com o dele.
Ele me penetra com força e eu grito.
— Quer que eu pare?
— Não!
Ele força ainda mais os movimentos e eu não consigo parar de gemer.
Leonardo me beija e os gemidos sufocam em sua boca.
Ele aperta minha barriga e depois meus seios.
"Gente, não dá, tem hora que não é momento e nem lugar para falar de um assunto desses."
E o outro assunto foi bem interessante.
— Calma que eu vou pegar uma coisinha.
Ele dá aquele sorriso safado, mordendo os lábios.
Eu tiro o chicotinho cor-de-rosa da bolsa.
— Ai – ele geme
— Vira a bunda para cima, safado!
— Doida.
Vai vendo.

"Abóbora assada, bunda fofa devidamente chicoteada, partiu meu apartamento."
Esse é o lado bom de namorar um vizinho, tá tudo em casa.
O problema é que já sentada em cima do balcão da minha cozinha, enquanto o Leonardo faz a sopa e eu fico bebendo e dando uns pegas entre uma coisa e outra, a concentração e o foco desaparecem.
— Então a gente vai namorar, Leonardo?
— Você não vai mudar de ideia depois?
— Não.
— Eu vou trazer o meu filho para você conhecer ele amanhã.
"Nossa. Ele vai me apresentar o filho? Acho que é sério mesmo. Ui, ui, ui. Dê conta, Mel!"
Ele está tendo as atitudes que eu tanto queria e eu começo a pensar sobre como vou continuar esse livro.
— E agora?
— O que, Mel?
— O livro!
— O que é que tem?
— Se a gente vai namorar, é o fim do meu livro?
Ele ri e continua cozinhando.

Crush nº 3 - parte 6

"Sim, sim, eu confesso, é claro que eu estou feliz. Foi pra isso que eu entrei no aplicativo. Eu só não sei ainda se estou preparada psicologicamente para confiar nele. Sabe o medo de quebrar a cara? Então."
Vai vendo.

Sábado.
Depois da noite inteira dormindo de conchinha, o Leonardo vai embora cedo, para buscar o filho. Eu me preparo para receber o suposto enteado.

[16:05] Mel: O brigadeiro do Pablo está pronto! Ele sabe jogar War?
[16:32] Leonardo: Linda! Ele vai amar, ele adora jogos de tabuleiro!
[19:51] Leonardo: Que horas eu posso descer, gata?
[19:57] Mel: Qualquer hora.
[19:57] Leonardo: Está bem, galega.
[19:58] Mel: Eu devo fingir que sou uma amiga, imagino?
[19:58] Leonardo: Por enquanto, sim. 😂
[19:58] Mel: Kkk ok.
[19:58] Leonardo: 😘

Agora está parecendo que vai virar comercial de margarina.
— Eu estou pronta para isso?
Me sinto com frio no estômago.
As borboletas, passarinhos e até as moscas bailam na minha barriga.
Oremos.

A campainha toca direto, sem interfone. Acho que o porteiro se ligou quem é o caso sério aqui.
Eu abro a porta.
— Olá, entra.
— Oi, tudo bem? – o Pablo pergunta.
— Boa noite – diz o Leonardo.
— Nossa, que casa bonita, obrigado por ter me convidado para vir aqui — o Pablo fala.
A criança é um encanto.
"Tem bundinha fofa igual ao pai. E a boca, ai, que difícil olhar para a boca do pai e não poder fazer nada."
Duas partidas de jogo, sopa, brigadeiro e risadas.
Foi bem difícil ficar ao lado do Leonardo sem beijos, pegadas e a bunda fofa.

Deu Match!

Mas a presença do menino significa algo para mim.
— Meu pai não gosta que eu durma abraçado com ele.
— Sério, Pablo, por quê?
— Ele diz que sente calor.
"Hum, comigo ele não sente calor."
A noite passa rápido.
Leonardo, vai embora e me convida para um programa com o menino.
— Pode ser, que horas?
— 9h.
Beijinho no rosto. Eles vão embora.
Afe.
Mas mudo de ideia.
Eu sei, eu sei, sou libriana, mas fazer o quê? Ao menos, sempre faço o que eu quero.

[23:26] Mel: Amor, seu filho é muito especial! Adorei o convite, mas acho que é um momento pai e filho, vou ficar trabalhando. Mas quero te ver amanhã. Um beijo!
[23:33] Leonardo: Tudo bem, Mel, à noite eu te dou um toque pra gente se ver amor. Boa noite, bjos.

Prefiro ficar trabalhando.
Os *crushes* podem até me deixar confusa, mas o foco e prioridade da minha vida não mudam não.
"Ufa."

Colocar a Gil a par das novidades se tornou regra.
Depois do almoço, no sofá, conto a boa nova.

[13:45] Traveca: Então vcs estão namorando?
[13:45] Mel: Sim!
[13:46] Traveca: Vai contar para o seu pai?
[13:46] Mel: Ainda não.
[13:47] Traveca: Já dá para voltar para a igreja
[13:47] Mel: Vou levar vc para a igreja, Travecona!
[13:48] Traveca: Quem diria, hein? Agora sim, esse Leonardo.
[13:48] Mel: Bj, amiga.

A tarde passa com bastante trabalho.
Frio na barriga, ansiedade.
Ah, o amor.
E a minha santa inocência do caralho.

Crush nº 3 - parte 6

Domingo à noite, Leonardo chega.
Já estava ansiosa pelo namorado. Ficaríamos "enfim sós" após assumir a relação e uma noite inteira com o filho dele.
— Põe no Fantástico?
"Oi? Televisão? Como assim? A gente começou a namorar só, não casamos ainda."
— Você quer ver televisão?
— É, só um pouquinho, quero ver uma coisa, estou cansado, acordei cedo.
E lá se foi o programa inteiro e eu irritada.
"Não acredito nisso."
Nem o vinho ajudou. E eu acabei quebrando a taça. Ao invés de me ajudar, ele me chama a atenção:
— Mel, você vai acabar pisando nos cacos, cuidado.
"Eu estou descalça e você não, por que não me ajuda com isso?"
Atitudes e a falta delas falam muito mais do que qualquer declaração de amor.
Tá, ok, nós ficamos depois, mas não foi a mesma coisa. Até a bunda fofa pareceu murcha.
Leonardo vai embora cedo.
Vai vendo.
"É muito palhaço para uma espectadora só!"

No dia seguinte, segunda-feira, véspera de feriado, Leonardo some.
"Rótulo de namoro só para eu não conhecer outras pessoas e encontrar o relacionamento que realmente quero? Não vai funcionar, *honey*."
É óbvio que eu fiquei chateada e decepcionada, para não dizer p da vida.

Terça-feira, feriado, nada.
Meus grilos falantes: Bia e Gil têm boas percepções sobre o tema:

[23:07] Bia: Ai, Mel, eu vou ficar bem feliz quando vc não usar mais esse aplicativo, viu?
[23:11] Traveca: Ele te pediu em namoro, só pra fazer o que você quer e você não sair com outros caras. Deixa o rótulo de lado e continua como estava. Relaxa.
[23:35] Bia: Eu não acredito nesse cara, é um moleque, Mel, deixa para lá, partiu *crushes*.

Suspiro.

Deu Match!

"Eu não sou desse planeta."
Eu estou muito, muito puta, e não do jeito bom.
Noite de insônia, frio, raiva, ódio, frio, irritação, decepção. E frio! Muito frio!
Bem pqp mesmo.

Eu não vou passar a semana sozinha, chateada pelo B.O. ou seja lá o que for que o Leonardo fez comigo.
Falar para assumir o namoro e continuar me intercalando com outras?
Zero mensagens, zero interesse, zero atitudes.
Molecagem! Vai vendo.

[17:15] Traveca: É isso aí, amiga, volta pro *app*!

"Cara, eu estou cansada."
Um *crush* é doido de pedra, outro é Preto Velho, um que é podólatra e vizinho do Nº 1, o 5 é um enrolão virtual sem fim, além do ladrão de calcinhas.
Abriram as portas do hospício!

Crush nº 12

Mauro

Nome	Mauro
Idade	49
Signo	Libra ♎
Profissão	Diretor Multinacional
1º Encontro	Bar Morumbi
O que eu mais gostei?	Inteligência, aparência e seriedade
O que eu não gostei?	Ele não gostou de mim
Bom de 0 a 10	8
Galinha de 0 a 10	Não pareceu
Bonito de 0 a 10	10
Peculiaridades	Por quem ele se apaixonou
P, M ou G	Me contaram que é extra G

Deu match!

Perfil: *Em branco.*

Cansada da palhaçada, faço a fila de *crushes* andar mais uma vez. App!

[18:55] Mauro: Oi, Mel.
[18:57] Mel: Oi, Mauro, tudo bem?
...

[18:59] Mauro: É que faz mais de 1 ano que não entro aqui.

"Hum, isso me interessa."

[19:01] Mel: Sinal que algum relacionamento deu certo, o que é bom.
[19:02] Mauro: Na verdade, eu saí porque não gosto de aplicativo.

"Ótimo."

[19:03] Mel: Signo?
[19:03] Mauro: Libra!

"Que saco, quanto tempo vai levar pra gente decidir alguma coisa?"

[19:05] Mauro: E aonde vamos hoje?

Crush nº 12

"Nossa, foi rápido."

[19:07] Mel: Que horas?
[19:07] Mauro: Agora!

"Uau."
Respiro fundo.
"Caetano tocando na minha cabeça: Por que você me deixa tão solta? Por que você não cola em mim?"
— Bem feito – falo alto, sozinha e em bom tom.
"Namorado que some não é namorado, ainda mais se mora ao lado da sua casa."
Rio alto.
— Nem é chifre, bunda fofa, é só uma dorzinha de cabeça merecida.

Atualizo a Gil, que vai ficar de guarda-costas.

[18:15] Mel: Gil, vc vai, né? Sem vc, eu tenho medo.
[18:15] Traveca: Claro que vou, Mel, vai avisando do bar, que eu já chego lá.
[18:15] Mel: Te amo!

Corro pro banho, partiu vinho com novo *crush*.
Não, não vou usar o amaciante. Esse é só para o Leonardo. Por enquanto.
Segue a fila dos *crushes*!

[18:42] Mel: Estou pronta
[18:48] Mauro: Tô pronto. Saindo.
[18:48] Mauro: Em 10 minutos, tô lá.
[18:49] Mel: Estou de preto.
[18:50] Mauro: Eu de rosa.
[19:02] Mauro: Lugar fechado.

"Gente, que libriano decidido é esse? Quero!"
Vai vendo.

Chego no local de carro.
Outro carro chega e fica parado de frente com o meu.

Deu Match!

[19:04] Mauro: Vc está nesse carro na frente do meu?
[19:05] Mel: Vou descer para ver e te cumprimentar.

— Olá.
— Vamos ficar por aqui mesmo – indicando o local de sempre.
— Vamos.
"Que homem lindo, Benzadeus!"
Eu babando no libriano decidido. Discretamente, claro, porque eu sou a discrição em pessoa.

Ok, entrando no bar.
"Como será este encontro?"
Olho para ele e suspiro.
"Opa, quem está logo ali? Otávio! Com outra!"
Faço de conta que não vi.
— Vinho? – Mauro pergunta.
— Vinho!
— Só um momento, por favor, Mauro.
Melhor avisar meu anjo da guarda.

[19:22] Mel: O bar de sempre.
[19:23] Traveca: Ok, chegando.

Mauro é lindo, culto e avesso a banalidades.
Ele não sorri muito, mas fico olhando e tentando imaginar os esforços que farei para arrancar alguns sorrisos deste homem lindo.
"Não tenho namorado me esperando mesmo, né?"
— Então você foi triatleta?
— Sim, sou apaixonado por esportes.
"Ah, olha a Gil chegando, que linda."
Mauro não disfarça e fica em estado de choque vendo a Gil entrar.
"Será que percebeu e é homofóbico"?
Silêncio.
Mauro não tira os olhos da Gil, mesmo depois que ela se senta.
A Gil me encara com estranheza.
"Nem adianta perguntar, mona, não sei o que está acontecendo, não faço ideia."
Otávio vai embora. A Gil vê ele indo embora e mostra a língua.
"Menos mal."
— Tudo bem, Mauro?
Ele olha para mim e volta a olhar a Gil, sem disfarçar o interesse ou seja lá o que for.

Crush nº 12

Silêncio.
"Será que ele já ficou com ela também?"
Ele junta as mãos, olha para mim, olha para a Gil de novo, pigarreia um pouco.
— Desculpe, mas é que aquela moça ali é de uma beleza espetacular.
"Nossa!"
— É mesmo.
— Desculpe, eu sei que é falta de cavalheirismo da minha parte, mas eu estou encantado.
— Eu fico feliz, Mauro, por que não vai falar com ela?
— Mas você não se importa? Não está brava?
— Não, na verdade eu conheço aquela moça ali e gosto muito dela. Acho que ela vai gostar de você.
Ele se desculpa por não conseguir tirar os olhos da Gil, eu fico feliz e abro caminho para ele, dizendo que vou embora.
Ele junta as mãos, respira fundo e sorri pela primeira vez.
— O nome dela é Gil, ela é maravilhosa. Vai fundo!
— Eu vou pedir a conta e vou na mesa dela.
— Faça isso! E cuide bem dela, Mauro, com respeito.
— Lógico.
— Ótimo.
Eu saio.
"Vai vendo, um homem lindo desses e quer a Gil. Bom, sorte dela, que ela merece, eu que volte para o *app*, que pelo jeito não acabou a minha sina."
A Gil fica olhando com cara de "uó"?
Saindo, eu ainda posso ver a Gil de boca aberta.
Mauro vai até ela.

A rua está vazia, muito frio.
Entro no carro. Claro que fico triste de ter mais um *crush* malsucedido, mas se for bem-sucedido para a Gil, fico super feliz.
A Gil ainda olha, lá de dentro do bar com cara de "onde você vai?"
Eu sorrio e faço sinal com a cabeça de que está tudo bem.
"Seja feliz, minha amiga."

Chego em casa e cadê o Leonardo?
Só Deus e os porteiros sabem.
"Esses porteiros devem saber tudo."

Deu Match!

— Ai, ai. Que namoro é esse?
"Estou fora, ninguém merece."
Duro é alguém que eu gosto me subestimar assim.
Volto a pensar na Gil, que vale bem mais a pena.
Não vai ser fácil dormir com essa. E a Gil deve estar no bem bom e quentinha com o MEU *crush*.
"Dorme com essa sim, dona Mel!
— Ai, ai.
"Ela é bem mais bonita que você! Tá ligada, né? Lindona, ela merece!"

Manhã seguinte.
Faço uma tentativa de entrevistar o *Crush* Nº2:

[10:01] Mel: Oi, Roberto, você pode, por favor, me dar uma entrevista sobre o aplicativo para o meu livro?
[10:03] Roberto: Você vai namorar comigo e com o meu pai?
[10:04] Mel: Não.
[10:05] Roberto: Então não!

Decido dar bom dia logo para a Gil.

[11:52] Mel: Mona, gostou do bofe??
[11:55] Traveca: Apaixonada, guria!
[11:55] Traveca: Ele quer namorar comigo, aceitou que sou travesti.
[11:58] Mel: Finalmente né, Gil, vc merece, alguém que te aceite mesmo.
[11:58] Traveca: Ele é lindo.
[11:58] Traveca: Beija bem, come bem.
[11:58] Mel: kkk.
[11:58] Mel: Estou feliz por vc.
[11:58] Traveca: Não ficou chateada?
[11:58] Mel: Com a situação sim, com vc jamais.
[11:59] Traveca: Obrigada.
[11:59] Mel: De nada, se der certo, quero ser a madrinha.
[11:59] Traveca: Ele falou em casamento, vc acredita?
[12:00] Mel: Ui, já?
[12:00] Traveca: Mas vou com calma.
[12:02] Mel: Está certa, tem que ir devagar.
[12:02] Traveca: Ai, não vai prestar.
[12:03] Mel: Ou vai.
[12:07] Traveca: Pois é.

Crush nº 12

"Para alguém, tem que dar certo! Com aquele lindo, ainda por cima. Ui, ui, ui."
— Ela, de fato, vai conseguir tirar sorrisos dele.
"A vaca linda."

Decido trabalhar. Foco no trabalho sempre me ajuda a esquecer os incômodos do dia, mesmo quando tem um nome só, ou dois: Leonardo e Carlos.
Hoje, entrevista enviada a todos os *crushes*.
Depois do passa fora do Nº2, fiquei receosa.
Lista de chamada neste momento:

• *Crush* Nº 1: Entrevista realizada.
• *Crush* Nº 2: Um belo de um passa fora.
• *Crush* Nº 3: Quem? (Jamais).
• *Crush* Nº 4: Entrevista realizada.
• *Crush* Nº 5: Vai responder!
• *Crush* Nº 6: Vai responder!
• *Crush* Nº 7: Entrevista realizada.
• *Crush* Nº 8: Entrevista realizada.
• *Crush* Nº 9: Entrevista realizada.
• *Crush* Nº 10: Entrevista realizada.
• *Crush* Nº 11: Vai responder!

Foco, trabalho e foco!
Tudo isso me ajuda muito!
Vai vendo.

Crush n° 11 - parte 2

Mais tarde e eu sozinha.
A Gil namorando o Mauro e o Leonardo com seu sumiço, logo após assumir o namoro.
A busca por alguém sério no aplicativo se transformou em algo que eu não imaginei e que também me deixou mais solitária do que antes, é tudo superficial e frustrante.
Homarada: isso não se faz, caramba! Presta atenção! Quer uma mulher; gosta? Cuida! Trata bem, com carinho, respeito! Não subestima a inteligência feminina! Nós somos foda para caralho!
Inverno, frio, solidão, conflitos e um belo convite para ir até a casa do Zé, *Crush* N° 11.
"Este eu acho que não preciso de anjo da guarda para me acompanhar."
— Bom, assim espero.
Suspiro.

[17:04] Zé: Vem, vamos dar muitas risadas hoje.

"Risadas? É tudo que eu preciso para esquecer, neném!"

[17:07] Mel: Que horas? Passa o endereço.

O convite para sair de casa numa noite fria como esta mudou meu estado de espírito. Fora o passa fora do Leo.

[17:20] Mel: Tô indo no Zé, só pra avisar.
[17:21] Traveca: Tô no colo do bofe.
[17:22] Mel: Safada.
[17:22] Traveca: Qualquer coisa, me avisa.
[17:23] Mel: Tá, bj.

Fui!

Música no rádio e em quinze minutos, eu chego na casa do Zé.

[20:45] Mel: Tô aqui, abre a porta para mim.

Deu Match!

Num frio de rachar, Zé abre a porta, de roupão e chinelo.
"Hum, já bebê? Não, não."
— Boa noite, bem vinda, Mel.
— Oi Zé, tudo bem?
"Ui, ui, ui."

"Beijinhos, vamos entrando logo, que o frio não está bom para ficar do lado de fora."
— Vou colocar uma roupa, Mel.
— Ah, é bom.
Eu sento e fico observando.
Zé passa de calça, sem camiseta, sem sapatos.
Zé passa vestindo a camiseta.
Zé passa colocando sapatos.
Zé passa o tempo todo.
Será que Zé é hiperativo?
— Cerveja, Mel?
— Sim, por favor.
A casa do Zé tem um estilo zen, igual a ele. Música, incenso.
— Que show é esse na TV?
— O Pablito.
Zé é um cara aberto, livre, aparentemente sem máscaras.
— Zé, eu me envolvi com alguém e me sinto bem confusa no momento. Acho que você deveria saber disso.
— Tudo bem, Mel, é normal ficar assim, não tem problema para mim.
"Ótimo! Adoro poder ser aberta, sem fingimentos, *please*."
Beijos.
Zé levanta, pega cerveja, dança, aumenta o som, vai ao banheiro, dança, volta, me beija, ele não para.
— Põe um som para gente dançar, quero dançar com você – eu peço.
— Vou fazer mais do que isso.
Zé muda a música e troca a lâmpada. A sala virou uma discoteca com luzes coloridas piscando, flashes eu me sinto na *night*.
— Aumenta o som!
Zé dança para mim.
Dançamos, rimos, beijamos, dançamos.
Quase uma da manhã, o Zé começa a fumar maconha e aumenta mais o som.
— Você não tem problemas aqui com vizinhos?
— Nada.
Eu começo a dançar de novo e para lá de Bagdá já com tudo que tinha bebido.

Crush nº 11 - parte 2

— Quer fumar um Mel?
— Não, eu nem sei fumar, nunca fiz isso.
— Experimenta.
— Meu pai vai me matar, Zé.
— Ele não vai ficar sabendo, Mel.
"Ai, meu Deus, com 40 anos, é isso mesmo? Vai."
Eu tento tragar e tusso, enquanto o Zé tem uma crise de riso.
— Calma lá, eu te ensino.
Entre uma tragada e outra, cerveja, dança, fumaça, risos.
Zé fica andando de um lugar para o outro, num frio do caralho, sem sapato e sem camisa. Ele derruba, sem querer, umas garrafas que estavam no balcão e começa a rir mais ainda.
Ele faz outro cigarro de maconha.
— Este é mais forte. Vamos dar risada! – ele fala.
"Pqp. Eu não deveria ir embora?"
— Tá, deixa eu fumar, então.
Zé aumenta ainda mais o som e nós ficamos dançando e rindo ao mesmo tempo. Uma hora o Zé cai de tanto rir e eu caio também.
Estamos os dois sentados na sala, cheia de fumaça, numa bagunça, quando a campainha começa a tocar insistentemente.
— Que estranho – o Zé diz.
Eu fico com medo.
— Vai lá, abre devagar – eu digo.
Zé levanta e vai abrir a porta.
Eu levanto e fico no sofá esperando.
"Será algum *crush* fora da casinha e vingativo vindo me buscar? O Roberto e o pai dele? O Jeferson com a minha calcinha esgarçada?"
Vai vendo.

Zé volta com dois policiais.
Como é que se disfarça a cara de bêbada e "amaconhada"?
— O que está acontecendo? – pergunto.
— Nós recebemos várias reclamações de vizinhos do barulho que vocês estão fazendo aqui, minha senhora – um dos policiais fala, enquanto segue olhando toda a sala e a cozinha.
"Oi? O que é isso agora?"
Estou apavorada.
— E esse cheiro de maconha aqui? – outro policial pergunta enquanto verifica o monte de garrafas caídas e quebradas no chão.
— Mas que porra é essa que vocês estão fazendo? Parece que passou uma escola de samba aqui, meu irmão, que bagunça, e eu só estou vendo vocês dois. Tem mais gente aqui?

Deu Match!

— Não senhor, só nós dois – Zé responde.
— Mas não é possível – o policial fala e sobe as escadas para procurar mais gente.
O outro policial vai até o quarto e o quintal.
Latido de cachorros.
Eu e o Zé nos entreolhamos. E ambos estamos cambaleando de bêbados.
Os policiais voltam e começam a fazer várias perguntas.
— Quem é o dono da casa?
— De quem é a maconha que vocês usaram aqui?
Ele mexe nas coisas do Zé em cima do balcão da cozinha e acha uma reserva de maconha que ele tinha.
— Vocês dois, irão nos acompanhar até a delegacia!
— Meu senhor, eu sou só visita – eu digo.
— E a senhora está bem afetada como visita, né? Eu estou vendo.
"Minha mãe do céu. Isso não está acontecendo."
— Não tem necessidade de irmos, meu senhor, podemos resolver isso de outra forma – o Zé diz.
Zé tira um maço de dinheiro de uma mochila e oferece ao policial.
Agora o tonto vai preso e eu vou junto.
"Socorro!"
— O senhor está preso – o policial diz.
— A senhora vai junto.
— Um minuto, por favor.

[01:59] Mel: Vão me levar pra a delegacia, Gil, socorro.
[02:00] Traveca: Isso é sério, Mel?
[02:01] Mel: Me ajuda, pelo amor de Deus!

— Que delegacia o senhor vai, por favor? – pergunto.
Peço o endereço da delegacia e mais um minuto para pedir socorro a Gil.
Ele explica e eu passo as informações para a Gil por mensagem.

[02:00] Traveca: Estamos indo para lá.
[02:01] Mel: Avisa meu filho, por favor.
[02:01] Traveca: Tem certeza? Eu e o Mauro já estamos indo.
[02:01] Mel: Sim, estou com medo.
[02:02] Traveca: Fica calma, estamos indo para lá.
[02:03] Mel: Obrigada.

O policial manda desligar a música e apagar as luzes. Zé chama o irmão por telefone.
"Isso não está acontecendo."

Crush nº 11 – parte 2

Vou no camburão com o Zé para a delegacia.

"Que vergonha, não acredito nisso, só pode ser um pesadelo. Acorda, Mel, acorda, tonta, acorda pelo amor de Deus! Eu não acordo. E eu nunca passei por algo assim em toda a minha vida."

Eu estou muito envergonhada. Bêbada, fumei pela primeira vez na vida e estou sendo castigada e apedrejada por isso.

Meia hora dentro de um camburão, balançando pra lá e pra cá e com vontade de vomitar. O Zé dormiu!

"Como assim? Eu sei que ele está chapado, mas quem dorme sendo preso? É tranquilo demais até para mim."

Chegamos na delegacia.

Um frio terrível.

Sendo presa em pleno mês de julho, de madrugada, com um *crush zen*.

— Não tem como ficar pior?

Desço do camburão.

"Minha nossa, Jesus, Maria Santíssima."

Quando eu entro, vejo a Gil, o Mauro e o meu filho.

— Mãe.

Fico em silêncio, não tem o que falar, o Zé com cara de chapado. E eu também, com o tanto que tinha bebido.

— Quando você vai tomar juízo, mãe? Eu tenho que cuidar de você agora?

Eu abaixo a cabeça e começo a chorar.

— Já pensou se meu avô fica sabendo disso?

Eu nem olho, continuo de cabeça baixa.

— E a igreja, mãe?

Gil me abraça.

— Calma, Mel, não vai dar nada, fica tranquila, nós vamos tirar você daqui rapidinho – ela fala.

— Mel, me dá seus documentos, que eu vou resolver isso – Mauro diz.

Eu retiro da bolsa e entrego para ele.

Gil me abraça e me acalma.

O irmão do Zé chega e a delegacia fica tomada por pessoas que envolviam aquela situação e aparentemente mais ninguém, além dos policiais e o delegado.

"Menos mal."

— Mãe.

Meu filho me chama.

Fico em silêncio e ele me abraça.

— Desculpe, filho.

— Tá, tá, tá tudo bem, mas você tem que parar com esse negócio de aplicativo. Onde você vai parar, mãe?

— Eu vou sair, eu prometo, só tenho que terminar meu livro.

— Mãe, chega, né?

— Tá.

Me desculpo com a promessa de sair do *app*.

Deu Match!

A Gil me abraça em seguida e ficamos sentadas ali, aguardando o Mauro resolver as coisas com o delegado e com o advogado que veio com o irmão do Zé.
Embora a Gil também seja advogada, não atua.

Após tudo resolvido, já estamos saindo da delegacia, depois de mais de uma hora, e eu vejo o Jeferson das calcinhas, aparentemente sendo liberado exatamente naquele momento.
"Como é que pode?"
Ele olha para mim.
"Socorro! Tudo, menos isso! Tem como piorar! Eu sei que tem!"
Jeferson me vê e começa a falar comigo!
— Você por aqui, Mel?
Meu filho me olha, já tentando entender o que eu tenho a ver com um cara enorme, que está sendo liberado neste momento da delegacia.
— Mel, Mel, me dá sua calcinha?
"Oi? Não dá para ficar pior?"
— Eu não te conheço.
— Conhece sim, que outro dia você já me deu sua calcinha.
— O que é isso, mãe?
Eu olho para baixo.
A Gil intervém.
— Sai daqui, cara, ninguém te chamou aqui.
Ele olha e insiste.
— Eu te ligo, Mel.
— Mãe, de onde você conhece esse cara? Do aplicativo, aposto.
Eu balanço a cabeça, que sim.
Ele segue embora.
"Graças a Deus! Gente, nós estamos em São Paulo! É mentira que essa cidade tem 12 milhões de habitantes, não é possível! Todos os *crushes* cruzam o meu caminho!"
O Jeferson sai com um cara engravatado, gritando que a minha calcinha era uma de suas preferidas:
— Eu amo sua calcinha, Mel! A melhor!
Demorou, mas felizmente as coisas se resolvem.
— Obrigada, Gil.
— Obrigada, Mauro.
— Você é nosso cupido, Mel, tudo por você – ele diz.
Que noite é essa?
A pior até hoje.
"Não tem como piorar. Tem?"
Abaixo a cabeça, com medo até de pensar.
"Que medo de perguntar!"

Crush nº 11 - parte 2

Eu e o Christian vamos de táxi até a casa do Zé buscar meu carro e de lá meu filho dirige até em casa.
O meu constrangimento e ressaca são gigantes. Eu mal consigo olhar para ele.
Mais de quatro da manhã, quando finalmente estou em casa.
— Mãe, hoje eu vou dormir aqui, estou cansado.
— Obrigada, preciso dormir também. Me desculpe por tudo.
Vou para a cama e só consigo dormir pela exaustão, a consciência está bem pesada.
Durmo com a promessa de que não usarei mais o aplicativo.
"Promessa é dívida."
E de verdade, eu não quero mais!

Eu saio do *app* depois da visitinha à delegacia e conforme prometi ao meu filho. Tenho *crushes* demais já para administrar com minha agenda e um belo peso na consciência.
— Ai, ai. Quanto mais *crushes* eu tenho, mais sozinha eu me sinto.
Independentemente disso, acordar e verificar o celular já é rotina. Ainda mais agora, depois da convocação de todos os *crushes* para a entrevista. Todos, exceto dois, deixaram claro que querem ficar comigo de novo.
Já que "meu namorado" nem fala comigo, vamos dar uns bons dias para quem responde:

[10:10] Mel: Bom dia pro diretor mais lindo de São Paulo.
[11:34] Gustavo: Diretor de nada.
[11:38] Mel: Juízo, Gu.
[11:39] Gustavo: Hoje e somente hoje terei juízo, um dia de cada vez, terapeuta.

Gustavo tomou mais juízo, depois do desastre no motel, agora só recebe as mulheres em casa e sempre verifica as algemas antes de usar. E o chicotinho rosa ficou para mim!
Pronto. Este chega.
[10:09] Mel: Manda um áudio gostoso pra eu levantar da cama.

"Carlos digitando..."

[10:10] Mel: Não. Não digita não.
[10:10] Mel: Quero sua voz.
[10:27] Áudio do Carlos.
[10:31] Áudio Mel.
[10:35] Áudio do Carlos.

Deu Match!

[10:38] Áudio Mel.

Por que eu ainda tento?
Alguém me explica?
É que ele é lindo demais!
E é difícil esquecer a pegada dele na minha porta.
Meus ouvidos insistem em continuar ouvindo aquele vozeirão.
Esse é o problema: ouvidos teimosos!

Mais tarde, sozinha no meu belo e confortável sofá.
O Carlos manda áudio perguntando, se eu conto no livro os conteúdos dos nossos áudios.
Eu respondo:

[23:23] Mel: Para escrever sobre você, eu vou ter que escrever um livro a parte, meu amor, erótico!

E fim.
Carlos curte falar o dia inteiro comigo, mas só por telefone.
Isso não tem graça.
— Começo a achar que realmente não vai dar em nada.
"Começa, Mel? Não concluiu ainda?"

Crush nº 13

Laerte

Nome	Laerte
Idade	47
Signo	Escorpião ♏
Profissão	Personal Trainer
1º Encontro	Bar Morumbi
O que eu mais gostei?	Vizinho do Leonardo
O que eu não gostei?	Cat Fish
Bom de 0 a 10	Não deu para saber
Galinha de 0 a 10	Não
Bonito de 0 a 10	5
Peculiaridades	Cat Fish
P, M ou G	Só Deus sabe

Deu match!

Perfil: *Sou um gatão, procurando minha gata!*

Mais um dia passa e eu estou em casa sozinha, no sofá.
— Quem sou eu?
Suspiro e bufo ao mesmo tempo.
A frustração é grande e aparentemente não o suficiente para eu sair definitivamente do aplicativo ainda.
"Eu sei, eu prometi, mas não vou cumprir ainda. O que mais você precisa, Mel, para saber que isso não está funcionando?"
Solidão nível máximo.
— E a promessa para o seu filho, Mel? Não tem vergonha? Tenho – falo sozinha.
Eu acabei agindo igual ao Leonardo. Para engolir a falta de prioridade dele e as sei lá quantas outras que ele sai, eu fiz a mesma coisa.
— Porcaria!
Uma olhadinha no *app* por puro vício.
Mais um oi.
Crush nem tinha mais muitas possibilidades, já que eu não dava mais nenhum *like*.
— Bom, não custa dar uma olhadinha.
Tem mensagem para mim, vai vendo.
43 anos e a menos de 250 metros de onde estou.
— 250 metros? De novo?
Conheço essa história, mais um vizinho.
"O cara parece um super-homem, lindo, forte, tudo isso aqui onde eu moro, tem certeza, aplicativo?"

Crush n° 13

Laerte: Oi. Boa noite, Mel.
Mel: Oi, Laerte, tudo bem?
Mel: Acho que somos vizinhos.

"Será?"
Conversinha básica para descobrir onde ele mora.
Edifício 2, hum.
"Mas não seria exatamente este o prédio do Leonardo? Mas que ovo se transformou São Paulo, misericórdia?"

Mel: Que andar?
Laerte: Primeiro.

Ele me convida para comer pastel na feira do condomínio.
"É, acho que não, não ia ser legal encontrar o Leonardo lá junto com você, sem nunca ter terminado de fato."
A feira é dentro do condomínio, gente, e o Leonardo também vai lá toda sexta comer pastel, certo?

Mel: Obrigada, mas não quero pastel!

É muita coincidência até para o meu gosto. Capaz de chegar na feira, ter pastel com ovo em homenagem a São Paulo e ter uns dez *crushes* por lá, debatendo a meu respeito.
"Eu não vou participar! Não conheço, nunca vi, não sei quem é, nem onde mora!"
A conversa se estende até a noite, quando tenho a ideia de aceitar que ele venha me conhecer em casa.
Toca o interfone.
E eu com o C na mão com o porteiro.
— Alô.
— Dona Mel, o Laerte tá aqui, pode subir também?
"Como assim também? Que porra é essa? Caralho."
— Sim, por favor!
Conversinha com o anjo da guarda de plantão.

[21:31] Mel: Gil, N° 13 chegando!
[21:31] Traveca: Qualquer coisa, avisa.
[21:31] Mel: Ok, bj.

"A Gil podia escrever este livro também, só que ia ter bem mais palavrão."
Toca a campainha.
Eu doida para ver aquele homem lindo com cara e tudo mais de super-homem.
Vai vendo.

201

Deu Match!

Eu abro a porta e tem um cara bem gordinho me olhando.
— Quem é você?
— Laerte.
— Como assim, Laerte?
— Ué, acabamos de marcar um encontro, esqueceu?
— Mas você não tem nada a ver com as fotos do *app*.
— Surpresa!
"Surpresa o caralho, o que é isso? Ele põe foto do super-homem no *app* e chega como o Super-Belly?"
— Não vai me convidar para entrar?
— Não, te convido para ir embora.
"A vida não é assim, amigo."
Mas o folgado entra, vai olhando o apartamento e senta no sofá.
— E aí, vizinha, tá gostando do *app*?
"Que chato esse cara, gente do céu."
Respiro profundamente para manter a calma.
Bom, o jeito é sentar também.
— O que você pretende, usando fotos que não tem nada a ver com você, Laerte?
— Estou dando uma chance de as mulheres conhecerem um homem de verdade, sem olhar só a aparência.
— Sei.
— Não gostou?
— Não, acho que você está se enganando, se nem você aceita você mesmo.
"Ai meu Deus, calma Mel, *take easy*, vai que o cara tem uma *over reaction* aqui dentro?"

[21:35] Mel: Gil, o 13 é 171, não tem nada a ver com as fotos do *app*, o contrário, fdp, e tá aqui em casa.
[21:36] Traveca: Quer que eu vá aí?
[21:37] Mel: Não sei ainda.
[21:37] Traveca: Vai falando.
[21:37] Mel: Ok.

— Eu estou de coração partido, Laerte, por isso acabei conversando com você hoje.
— Eu também estou.
— Vamos tomar um vinho para afogar as mágoas?
— Tem alguma coisa de comer aí, Mel?
— Peraí.
Abro batata-frita, chocolate e bolacha. Aos poucos, ele vai comendo tudo, afogando as mágoas, bebendo, mastigando e chorando ao mesmo tempo.

Crush n° 13

"Vou apresentar o Roberto para ele!"
— Você não ficaria com um gordinho gostoso como eu, Mel?
— Não sei, Laerte, mas definitivamente neste momento não. Você começou muito errado.
— Como assim? Qual o problema? Eu não sou simpático?
— Pode até ser o cara mais simpático do mundo, mas você começa mentindo, usando fotos que não são suas, você passa imagem de insegurança, de que você mesmo não se aceita.
— Ah, duvido.
— Você que sabe, acho que vai perder mais chances assim, do que se usasse suas próprias fotos.
— Hum.
Ele se mexe e remexe no sofá.
— Já deu certo alguma vez?
Laerte respira fundo e fica olhando para o chão.
— Não.
— Então.
— Me ajuda a escolher outras fotos para o *app*?
— Lógico, bora escolher, abre aí ver o que você tem no celular.
Uma taça de vinho aqui, outra ali. Escolhemos umas fotos bem simpáticas.
Ele carrega as fotos reais no aplicativo.
— Agora sim, Laerte, aí, você vai fazer sucesso sendo você mesmo!
— Será, Mel?
— Você não quer um relacionamento de verdade?
— Quero!
— Então seja de verdade!
Mais conversa e vinho e o Laerte vai embora cambaleando para casa dele. Esta é a vantagem de ficar no mesmo condomínio. Tá tudo em casa.
Depois disso, a frustração e a solidão ficaram maiores do que nunca.
Que zona, tédio, frustração e tristeza.

Rolo na cama a noite inteira, num misto de insônia, peso na consciência, medo.
"O que eu estou fazendo da minha vida?"
Eu estou fazendo a mesma coisa que o Leonardo, e para quê?
— Como é que eu vou sair disso?
Levanto, frio, tomo água, frio, banheiro, frio, chão gelado, frio, volto.
Pego a bíblia no caminho e coloco ao lado da minha cama, na cabeceira.
"Eu preciso fazer a minha vida voltar ao normal, bem longe desse aplicativo, com pessoas que vivem de outro jeito."
A noite passa.
Eu leio umas páginas da bíblia, mas em vão.

Deu Match!

"Tanta gente interessada em você, Mel, do mundo real, você precisa reencontrar seu equilíbrio."
A noite passa bem ruim.
Tenho pesadelo com os *crushes*: 2, 6, 7, 9, 11 e 13. Eles estão todos juntos. O 2 quer que eu fique com o pai dele, o 6 lambe meu pé junto com o cachorro do Reinaldo, o 6 está com o Preto Velho me dando conselhos, enquanto o 9 me pede calcinhas, o 11 sendo preso e fumando maconha e o 13 pedindo dieta para emagrecer.
— Que pesadelo é esse?
"A noite dos capetas!"
Vai vendo.

Acordo no dia seguinte cansada, com o peito apertado. Para respirar, eu juro precisar de uma máquina daquelas de filmes de hospital.
— Eu preciso fugir de tudo isso. Ou fujo ou morro. Pior, dou um tiro na minha cabeça — se comprar um revólver. Mas sem respirar eu não irei longe. É melhor ficar aqui e morrer.
Resolvo viajar.
Sozinha.
Sem *crushes*. Longe do Leonardo, do Carlos Expectativa-Zero, do Laerte Gordinho e da cambada toda.
— Eu preciso de companhia de gente normal, gente que realmente gosta de mim.
Não que a distância do Leonardo fosse necessária, mas talvez doesse menos, sabendo que ele está do meu lado e mais uma vez, em uníssono: ca-gan-do para mim.

Em uma hora, estou na estrada, ouvindo Roberto Carlos e Ronnie Von. Dou um tempo das músicas que me lembram o Leonardo.
A poucos quilômetros de São Paulo, uma rápida visita aos anos 60 e caio no choro.
— Merda!
O meu choro abafa o Ronnie, molho o volante quando o Roberto começa a dirigir pela Estrada de Santos.
— Foda!
Desligo o áudio e me desligo.
Por um instante o meu coração se acalma.
Por um instante.

[08:31] Áudio Carlos.

Oi? Hoje é sábado. Carlos nunca fala comigo num sábado. Ok, mais tarde eu vejo.

Crush nº 13

Não me contenho.
Jogo o carro no acostamento.

[08:31] Áudio Carlos: Desculpa ter sumido, fiquei fora. Mas agora decidi fugir, estou indo para a praia, não vou trabalhar este fim de semana nem que chova canivete.

"Chover canivete? O Carlos curte iê-iê-iê e não me disse nada?"

[10:30] Mel: Que delícia. Aproveite!

Ok, sem expectativas, eu não faço ideia de quem seja o Carlos de verdade, adoraria saber, mas cansei.
Volto a dirigir, cantando e chorando, molhando a cara e o volante.
"Quem sou eu?"

Mais tarde.

[12:51] Carlos: Foto do Carlos num quase fio dental roxo.
[13:06] Mel: *Selfie* na estrada, de roupa.
[13:06] Mel: Tudo bem, Carlos? Tô indo pra minha terra natal, desligar um pouco, cachoeira, rio. Apesar de você não perguntar, não estou muito bem.
[13:14] Carlos: Estou escrevendo um livro também.
[13:14] Mel: Vc? Sobre?
[13:15] Carlos: É um guia telefônico. Mas tá faltando o telefone dos seus pais.
[13:16] Mel: 11-234567323
[13:16] Mel: 11-236465831
[13:17] Mel: Um é de onde vou ficar, o outro é de uma puta que mora lá na vila.
[13:16] Mel: Boa sorte.
[13:18] Carlos: Gostosa.

"Eu ou a puta?"
Se a relação distante e ausente com o Leonardo não é o que eu vim buscar no bendito aplicativo, menos ainda um relacionamento virtual com um homem lindo, que eu não consigo decifrar de jeito nenhum.
Bufo.
— Sem expectativa.
Aperto na telinha, Ronnie Von:
'Hoje eu acordei
Com saudades de você

Deu Match!

Beijei aquela foto
Que você me ofertou
Sentei naquele banco
Da pracinha só porque
Foi lá que começou
O nosso amor...'

Domingo à tarde, na minha cidade natal, me encontro com a Bia, que também está visitando os pais.
— Mel, entenda, é normal você passar por essa fase.
— Como assim, Bia? Eu não acho normal, me sinto mal com tudo isso.
— Quando todo mundo estava vivendo essa fase você se tornou mãe, você pulou essa fase da sua vida.
— Mas você viveu algo assim?
— Sim, há muito tempo. E você está vivendo agora.
— Será?
— Não se martirize por isso, Mel. Viva, aprenda o que tiver de aprender.
— Vou tentar.
— Mas também acabe logo com isso, que já, já eu fico com úlcera no estômago de tanto nervoso.
Rimos.

Na volta para casa, em São Paulo, tenho a sensação de mais equilíbrio.
Uma noite de gelar a alma e eu sozinha em casa.
— Ai, ai. Cambada esses *crushes*!
"Não tem um que preste ou esteja disposto a um relacionamento sério e transparente?"
Meu celular vibra:

[20:35] Traveca: E aí, guria? Que frio é esse?

"Meu grilo falante."
[20:36] Mel: Mando minha foto no sofá com sopa e edredom.
[20:39] Traveca: Minha sopa está quase pronta também, porra.

Pois é, não é difícil saber quem se importa.

Entrevista dos crushes

Os dias passam e eu não entro mais no *app*.

As entrevistas estão prontas e eu estou bem feliz com isso!

Sobre a minha busca, não que eu goste de um drama, eu adoro, mas confesso que estou de saco cheio.

Seria ótimo ter alguém para todas as horas, um namorado de verdade. É isso que eu fui buscar no aplicativo, embora tudo tenha virado uma bagunça do cacete.

Conclusão: não vou dar *likes* por um tempo e ver o que acontece. Na real, quase todos os *crushes* continuam disponíveis. Vamos aguardar.

E sim: nada do Leonardo.

No fim das contas, só reagi conforme provavelmente ele queria. Não deu conta, se afastou e eu reagi à altura.

Enquanto isso, vamos aos resultados das entrevistas com os meus *crushes*.

ENTREVISTA COM OS *CRUSHES* — 20 PERGUNTAS!

1- O QUE VOCÊ GOSTA NAS FOTOS?

O que parece unânime entre meus *crushes* nesse quesito é o seguinte:

— Eles esperam fotos em que possam identificar o rosto e o corpo da mulher, de forma natural, sem muita maquiagem, biquinho ou excesso de "filtros" e aplicativos que façam com que não reconheçam a pessoa quando a encontram pessoalmente.

— Eles também buscam detalhes que possam evidenciar os gostos, nível social, econômico, jeito de se vestir, maturidade etc.

2- O QUE VOCÊ NÃO GOSTA NAS FOTOS?

— Fotos que escondem a realidade ou não mostram bem a pessoa como foto de óculos escuro, somente de rosto, foto única ou foto de longe.

— Fotos com bebida.

— Fotos somente com frases ou paisagem.

— Fotos *fake* (pracaba né gente, ninguém merece, cadê a autoestima?)

— Fotos demasiadamente produzidas.

Deu Match!

— Fotos de *lingerie* ou biquíni.
— Fotos que expõem crianças.

3 - VOCÊ LÊ O PERFIL? IMPORTA?

— Sim!
Viva!
Eles leem o perfil.
Mas por que raios saíram comigo se a maioria não parecia querer nada sério?
Ah, já sei, estavam tão perdidos quanto eu.
E alguns consideram importante a leitura para identificar pontos de corte como fumante, baladeira demais ou informação que seja divergente de suas características.

4 - JÁ FICOU NO VÁCUO?

Alguns dizem que sim, outros que não.
Verdade ou mentira, a coisa parece estar bem equilibrada.

5 - QUAIS AS EXPECTATIVAS DO PRIMEIRO ENCONTRO?

Aqui as respostas foram um pouco variadas.
Seguem as mais parecidas:
— Sem expectativa! (Bem esperto isso, depois de me tornar veterana no *app* também deixei as expectativas de lado – claro, depois da sofrência toda).
— Sempre são as melhores possíveis, pois previamente já houve uma conversa que convergiu para um encontro pessoal.
— Ver se as fotos são muito diferentes da realidade, geralmente é. E ver o humor dela se é compatível com a escrita, geralmente não.
"Eu não passei por nada disso, que sorte a minha. Tá bom então. Vou parar de reclamar da vida."

6 - ONDE COSTUMA SER O PRIMEIRO ENCONTRO?

Esta foi unânime. Ninguém quer correr o risco de encontrar com uma psicopata ou louca num local que não seja estratégico para sair correndo ou pedir ajuda.
— Bares e cafés!

7 - O QUE GERA UM SEGUNDO ENCONTRO?

Unanimidade outra vez:
a empatia gerada entre ambos no primeiro encontro.

Entrevista dos crushes

8 - JÁ TEVE ALGO SÉRIO, GOSTOU DE ALGUÉM?

Sim, quase todos tiveram pelo menos um relacionamento sério.
E saíram do aplicativo quando isso aconteceu.
Nossa, porque eu fui ficar logo com o Leonardo e só me bloqueou para fingir que saiu do *app*?
"Dedinho podre é a mãe."

9 - QUAL FOI A MELHOR EXPERIÊNCIA?

A maioria considera a melhor experiência aquela que deu certo, que durou mais ou virou um relacionamento sério!
Adorei!

10 - A PIOR EXPERIÊNCIA?

Esta pergunta teve respostas bem variadas e interessantes.
Bora lá!
— Um deles conta que foi com a primeira, pois ela queria morar junto após dois meses de relacionamento. Neste momento terminaram tudo.
— Outro saiu com uma *crush* bipolar que teve um comportamento bem estranho na sua casa. Falava agressivamente sobre "dar" para ele o que ele queria. Não rolou muito bem depois disso.
— Nenhuma experiência ruim.

11 - QUAIS MENTIRAS VOCÊ CONTA?

Unânime: nenhuma!
"Nem vou comentar!"

12- COM QUANTAS MULHERES VOCÊ JÁ FICOU, SINCERAMENTE?

Respostas variadas:
— Não contei! (Já pensou?)
— 15
— 3
Hum.
Não é possível calcular uma média, pois a maioria não sabe informar quanto tempo usou o aplicativo considerando o entrar e sair do mesmo.

209

Deu Match!

13 - QUAL FOI O NÍVEL MÁXIMO DE ROTATIVIDADE? TIPO, 1 POR DIA?

Depende.
— Teve gente que não contou. (Por que será?).
— 4 por semana (Uau).
— 1 por dia (Uau, uau).
"Ok. E eu me sentindo mal à toa."

14 - VOCÊ PRETENDE SAIR DO APP ALGUM DIA?

— Sim.
— Já saí.
— Sempre saio quando o relacionamento começa a ficar sério.
Gente do céu, como eu escolhi bem, hein?
"Aprenda Mel, por favor!"

15 - VOCÊ SE SENTE VICIADO?

Respostas variadas:
— Já senti!
— Não!
— Não, pois sempre cancelo a conta, quando começo a me relacionar com alguém.
Fantástico!
"Dá para reiniciar este livro e começar tudo de novo em outra ordem? Juro que estou brincando, mas vou tirar o máximo de aprendizado disso."

16 - ME DARIA ALGUM CONSELHO PARA ACHAR ALGUÉM DE VERDADE PELO APP?

Adorei!
Os *crushes* me adoram, apesar de tudo.
Na real, eles foram uns fofos respondendo tudo isso.
A melhor parte de falar com eles foi esta, sem intenções e vida real!
— Excluir a intenção de relacionamento sério da descrição do perfil e aceitar ir mais devagar.
— Conversar bastante preliminarmente via *app* ou WhatsApp antes do primeiro encontro. Este é o principal passo na busca de alguém interessante.
— Não fazer joguinhos tipo demorar para responder e responder picado. (Adorei esta!).
— Seguir o meu coração!
"Ah, que amor."

Entrevista dos crushes

17 - O QUE NUNCA FAZER NO APP?

Esta ficou como uma das favoritas!
Seguem:
— Mentir!
— Nunca, nunca minta!
— Mentir, fingir ser mais do que você é, mais rico, mais feliz, mais sociável, mais legal, mais inteligente. Não só no *app*, mas sempre que quer conhecer alguém.
"Amei!"
— Exibir o número de telefone no perfil.

18 - QUAL SEU REAL OBJETIVO NO APP?

— Encontrar alguém!
— Relacionamento sério!
— Conhecer alguém interessante com quem possa dividir momentos felizes e construir uma relação saudável.
Show de bola!
No fim, parece que estamos todos na mesma, só não está dando muito certo o *timing* de cada um.

19 - QUAL É O SEU MAIOR MEDO NO APP?

— De me expor desnecessariamente.
— Nenhum!

20 - VOCÊ STALKEIA ALGUÉM QUE SE INTERESSOU? DE QUE FORMA?

— Sim! Pelo Instagram e Facebook, ou site se a pessoa tiver. "Viva, eu não estou sozinha."
— Nunca!
— Não sei o que esta palavra significa.
"Ah vá."

"Chegando ao fim deste livro?"
O tempo passa e eu consigo finalmente me acalmar. Parei de usar o aplicativo. Nunca mais vi o suposto namorado, só vejo o idiota curtir minhas fotos, sabe-se lá pensando o quê. Melhor nem comentar.
Saí com meu filho para jantar e falei sobre estar escrevendo este livro e vivendo essa bagunça toda. Ele ouviu calado.

Deu Match!

— Como você se sente por saber que eu usei o aplicativo?
— Você usou na minha frente várias vezes e fez um monte de cagadas por causa disso, esqueceu?
Nós rimos.
— Você não se importa com o fato do aplicativo, dos *crushes*? – pergunto.
— Não. Só espero que não se machuque.
Tomara.
— Você não se preocupa com seu pai, meu avô, ficar sabendo disso?
— Sim!
— Bom, talvez ele não se importe tanto. Ele te conhece.
— Será?
Silêncio.
— Espera aí, o que isso quer dizer? Ele me conhece?
Meu filho ri.
20 anos, é, essa geração é mais aberta do que a minha ou que a dos meus pais. Vamos ver.
Se eu entendesse de numerologia, talvez pudesse descobrir alguma coisa, quem se importa?
O importante é que a ansiedade melhorou.
E os *crushes* também: pausa de *crushes* e *app*.
No mínimo até o fim deste livro.
Eu juro!

ENTREVISTA COM MULHERES – AS MESMAS 20 PERGUNTAS!

Conversei com várias mulheres, de diferentes idades e até de gênero, e fiz as mesmas perguntas que fiz para os meus *crushes* e alguns amigos.
Tive a forte impressão de que as mulheres foram mais abertas e sinceras.

1 - O QUE VOCÊ GOSTA NAS FOTOS?

A mulherada foi mais criativa para responder a primeira pergunta da entrevista.
— Basicamente só serve pra analisar a aparência, se é pegável ou não.
— Não me prendo a fotos.
— Fotos visíveis e pessoas com idade compatível.
— Preferem fotos que mostrem a pessoa de verdade, tanto de corpo quanto de rosto.

2 - O QUE VOCÊ NÃO GOSTA NAS FOTOS?

— Fotos muito ousadas.

212

Entrevista dos crushes

— Assim como os homens, elas não gostam de fotos somente com frases, bebidas ou paisagem.
— Fotos *fake*.

3 - VOCÊ LÊ O PERFIL? IMPORTA?

— Sim!
Segundo para algumas o que mais importa.

4 - JÁ FICOU NO VÁCUO?

— Várias vezes!
— Algumas vezes!

5 - QUAIS AS EXPECTATIVAS DO PRIMEIRO ENCONTRO?

Respostas variadas assim como meus *crushes*.
— Confesso que nunca criei expectativas.
— Já foram tantos, mas a sensação é sempre a mesma, frio na barriga, fico mega ansiosa e crio muita expectativa.
— Resposta da maioria: espero gostar da pessoa, descobrir que ela é compatível com o que falou.

6 - ONDE COSTUMA SER O PRIMEIRO ENCONTRO?

— Restaurantes, barzinhos e *shoppings*!

7 - O QUE GERA UM SEGUNDO ENCONTRO?

— Uma conversa madura e direta.
— Química, se gostei do beijo e do sexo e se achei a pessoa interessante a ponto de me ensinar ou compartilhar algo comigo que eu ainda desconheço.
— Ter gostado da pessoa e vice-versa.

8 - JÁ TEVE ALGO SÉRIO, GOSTOU DE ALGUÉM?

— Sim!
— Não!
— Então esse nunca foi meu objetivo, usava a regra dos 3 encontros para não me apaixonar, funcionou bem no começo com algumas pessoas, até que me perdi nas contas com uma pessoa que foi muito intensa, me decepcionei e aboli a regra, foi uma fase de desapego até

Deu Match!

que deu errado de novo, ou certo.
"Olha."

9 - QUAL FOI A MELHOR EXPERIÊNCIA?

— Encontrar um homem maduro, inteligente e sem neuras.
— De todas as pessoas e coisas diferentes que já compartilhei até hoje, a melhor experiência foi perceber que achava que não gostava de crianças, e de uma hora para outra algo mudou muito minha maneira de pensar e sentir.
— Não teve.

10 - A PIOR EXPERIÊNCIA?

— No primeiro momento da conversa, a pessoa já enviar fotos do pênis.
"Tanta foto de pênis na *internet* e o cara acha que o dele é diferente? Fala sério, cara, você é bem idiota, hein?"
— Marquei de conhecer uma pessoa depois de uma festa, fui buscá-la de madrugada e a pessoa estava muito chapada. Foi uma noite muito desagradável.
— Não teve.

11 - QUAIS MENTIRAS VOCÊ CONTA?

Olha como a mulherada é mais sincera, gente, que lindo.
— Acho que somente meu nome.
— Que entrei no aplicativo há duas semanas e que só conheci umas duas pessoas.
— Não conto.

12 - COM QUANTOS HOMENS VOCÊ JÁ FICOU, SINCERAMENTE?

— 15
— 2
— 8
Também não é possível calcular uma média, pois a maioria não sabe dizer quanto tempo ficou no aplicativo.

13 - QUAL FOI O NÍVEL MÁXIMO DE ROTATIVIDADE? TIPO, 1 POR DIA?

Depende.

214

Entrevista dos crushes

— Conheci e fiquei com dois no mesmo dia.
"Adoro a sinceridade feminina."
— 2 no total.
— Não sei dizer.
— Um por semana.

14 - VOCÊ PRETENDE SAIR DO APP ALGUM DIA?

— Sim.
— Já saí.
— Sim, espero nunca mais precisar dele.

15 - VOCÊ SE SENTE VICIADA?

— Não!
— Já me senti no passado, tinha extrema necessidade em conhecer pessoas diariamente.
— De jeito nenhum!

16 - ME DARIA ALGUM CONSELHO PARA ACHAR ALGUÉM DE VERDADE PELO APP?

— Não crie expectativas. Deixe as coisas acontecerem naturalmente.
— Manter procurando.
— Tenha certeza de que a pessoa é de verdade, migrando do *chat* do aplicativo para o do Instagram ou WhatsApp, onde é possível trocar mais fotos, áudios e até mesmo uma chamada de vídeo, só para ter um pouco menos de dúvida se a pessoa é quem ela realmente diz ser.

17 - O QUE NUNCA FAZER NO APP?

— Fotos muito sensuais e na descrição não se estender.
— Deixar o telefone exposto no perfil.
— Insistir nas pessoas que não querem.

18 - QUAL SEU REAL OBJETIVO NO APP?

— Confesso que baixei o *app* sem nenhuma expectativa, mas rolou.
— Relacionamento sério!
— Conhecer pessoas que estejam com o mesmo objetivo que o meu.

19 - QUAL É O SEU MAIOR MEDO NO APP?

— A maldade do ser humano.

Deu Match!

— Que alguém do *app* viesse de alguma forma interferir na minha vida pessoal.
— Encontrar alguém que não tenha caráter e ser enganada.

20 - VOCÊ STALKEIA ALGUÉM QUE SE INTERESSOU? DE QUE FORMA?

— Não. Isso só aconteceu depois de várias conversas e a intenção foi conhecer um pouco mais, já que o *crush* estava demonstrando interesse.
— Sim, procurando pelo nome da pessoa no Instagram.
— Não.

Reinaldo

Leonardo

Carlos

O crush final

Vários dias se passam. Eu estou na sala trabalhando, durante a tarde.
Toca o interfone e eu atendo.
— Dona Mel, tem uma encomenda para a senhora pegar aqui na portaria e tem que assinar para retirar — diz o porteiro.
— Agora? – questiono.
— Sim, senão eles não entregam.
— Ok, estou indo. Obrigada.
"Talvez eu deva desligar essa porcaria de interfone também, de uma vez por todas."
Bom, melhor ir logo, porque a minha moral com o porteiro não é lá das melhores.
Vai vendo.

Eu desço e ando em direção à portaria.
A rua do condomínio é linda, cheia de árvores e eu caminho, distraída, pensando na morte da bezerra e na cor de burro quando foge.
Só que antes de chegar na portaria, eu vejo o Leonardo descendo a rua, ao lado de uma mulher.
"Respira, Mel, 1, 2, 3, 4, disfarça."
Não tem como eu mudar de rua e fazer de conta que não vi. Nem ele.
"Como é que fujo daqui? O que eu faço?"
Respiro fundo e devagar.
"É isso então? Assumimos um namoro a seu pedido, você some, não fala comigo e agora eu sou obrigada a entender o fim assim? Sem uma conversa civilizada, uma explicação e um pedido de desculpas? É pracaba."
Engulo o choro e continuo dando meus passos em direção à portaria.
Quando o Leonardo me vê, ele se distancia mais da mulher e caminha como se não estivesse com ela até então.
"Quanto cinismo, mas no fundo é bom enxergar o caráter de uma pessoa, como é de verdade."
O aparente casal atravessa a rua.
— Ai, ai.
Que bom, menos mal ter que passar ao lado deles.
Eu me aproximo da portaria.
— O que eu devo receber, por favor? – eu pergunto.

O crush final

— Aqui está o papel para assinar.
Chateada é pouco.

Na portaria, perco o Leonardo de vista.
"Ainda bem."
A vontade de chorar está na garganta e na cabeça baixa, olhos aguados.
"1, 2, 3, 4."
— Mas o que é? Eu não pedi nada — questiono.
— Parece um presente – o porteiro sorri e me entrega um buquê de flores.
— O senhor tem certeza de que é para mim? – pergunto.
— Sim, senhora.
O porteiro sorri e me entrega o buquê de flores.
"Oi?"
Voltei a sorrir, de leve, mas voltei.
"Mas que coisa, quem me mandaria flores? Que dia é hoje?"
Fora aguentar o porteiro rindo da minha cara, adorei.
"Vou abrir o cartão em casa."
— Quem será?
Saio sem entender o que está acontecendo.
E claro, agradeço o porteiro, meu querido companheiro e testemunha da zorra toda.
Que bom, pelo menos passou minha vontade de chorar.
"O que não faz uma boa surpresa?"

Já na minha sala, confesso que estou ansiosa.
Vamos abrir:
Cartão: "Mel, namora comigo? Assinado: o *crush* perfeito para você!"
— Oi? Como assim? Quem é você?
Eu olho as flores e percebo que há uma carta entre elas.
Eu abro e leio:
"Querida Mel, assim como você, eu entrei no aplicativo para encontrar alguém de verdade e também acabei numa enrascada atrás da outra. Acho que faz parte esse período de confusões e decepções. Ajuda a compreender o que se quer de verdade e, com o tempo, quem se quer e quem vale a pena. Você vale a pena, Mel! Muito! Adorei você desde o primeiro instante. Observei seus passos, suas atitudes e suas loucuras. Sei que você é meio doidinha, mas eu gosto disso. Você fala o que pensa e o que sente. E agora eu me sinto pronto para ficar só com você. E eu espero que você esteja pronta, afinal, já tentou bastante. Dos seus 13

Deu Match!

crushes, eu sou o seu melhor candidato ao amor! No final da carta, vou te enviar um número anônimo. Pense nos três *crushes* com quem ficaria. Se meu nome estiver entre um dos três, eu respondo sua mensagem! Adoro você, menina! 99900-1020"
"Oi? Como assim? Meu Deus do céu! Quem é? Cadê a Gil?"
Corro pegar o telefone e leio toda a carta para ela.
— Que lindo, Mel! Esse está apaixonado!
— Será, Gil?
— E que nomes você vai enviar para ele?
— Eu estou atordoada, Gil!
— Você é atordoada, Mel!
Risos!
— Já pensou se eu não coloco o nome dele, Gil?
— Aí, vai morrer sem saber quem é, pensa direito.
— Me ajuda, Gil!
— Calma, Mel!
Eu suspiro, com a carta na mão.
— Eu vou ter que pensar em todos os 13!
— Então vai pensando. Estou indo aí!
— Vem logo, Gil!
Espero a Gil chegar, andando de um lado para o outro.
Sim! Claro que eu fiquei nervosa! O lance ficou sério agora! E se tem alguém disponível a levar uma relação a sério, eu quero saber quem é!

Toca a campainha.
Nem sei como. O porteiro sabe que a Gil é meu *crush* básico!
A Gil entra toda esbaforida.
— Mel do céu! O *crush* da sua vida chegou e você não sabe quem é.
— Me ajuda, Gil, pelo amor. Vem cá!
Sentamos no sofá e eu posiciono o *laptop* no colo.
— Adorei a carta e as flores, Mel!
— Eu também, Gil, me ajuda aqui.
Abro a planilha dos *crushes* e começo a analisar, um por um.
— Olha só, Gil, pode ser o Nº 1, eu fiquei com ele três vezes e adorei desde o início. Tranqueira.
— Mas, Mel, ele sempre foi o mais galinha, não foi?
— Sim, mas na carta ele diz que entrou em enrascadas também, para depois entender o que queria.
— E como esse cara sabe que são 13 *crushes* no total, Mel?
— Deve ser porque eu sou uma tremenda de uma boca aberta, né, Gil?
Ela balança a cabeça, concordando.

O crush final

— E o N° 2, Mel?

— Ah, não, é o surubeiro e o volumão do pai dele, socorro.

— Ótimo! Vai eliminando! E o 3?

— Ah, você não acredita que eu vi ele com outra hoje, dentro do condomínio?

— Mas ele estava com outra ou o quê?

— Não sei, ele estava andando com uma mulher do lado dele.

— Mas isso pode não ser nada, né, Mel?

— Pode ser como pode não ser. E eu não sei.

— Ai, que ódio, isso que vocês nunca terminaram oficialmente o tal do namoro, né?
Suspiro.

— Pois é, Gil, não sei nem o que pensar, mas ele se afastou da mulher assim que me viu. Cafajeste, mentiroso, bunda fofa.

— Você ficaria, se fosse ele, Mel?

— Não sei, Gil, acho que sim, eu adoro ficar com ele.

— Você tem que pensar direito, Mel, só tem três chances.

— Tá bem, Gil, vamos mais rápido.

— Próximo quem é?

— N° 4 é você, pilantrona!

— Ui, a mais linda! Viva eu!

— A mocinha de nascença.
Ela põe o dedo na boca e vira os olhos, fazendo pose.

— Faz a louca, Mel! Vai para o 5!

— 5 é o Carlos, adoraria que fosse, mas não boto fé. Mas ok, eu tentaria.

— 6?

— O N° 6 é o Preto Velho não, não, não, xô, saravá!

— 7?

— 7 é o lambão de pé, vizinho do N° 1.

— Eca, Mel, que nojo.

— Pois é.

— 8?

— 8 é o galinha do motel, que você curtiu o pau dele. De jeito nenhum!

— Ui, delicioso, Mel. Dá uma chance para ele?

— Nem pensar, Gil! Nem sinto vontade!

— 9?

— O ladrão de calcinhas?

— Ai, o presidiário das calcinhas!

— Jamais! Minhas calcinhas estão trancadas a sete chaves!

— 10?

— O brocha, pessimista que ficou com você.

— Ugh.

— 11?

— O Zé maconheiro. Ele é legal, mas não sei.

Deu Match!

— 12?

— Quem é o 12, senhorita Gil, quem é?

— Ai meu Deus, é o meu amor, pula, pula, pula.

— 13?

— O vizinho gordinho e inseguro.

— Não, Mel!

Eu e a Gil olhamos as fotos, olhamos uma para a outra e ficamos uns segundos pensando.

— Resumindo, quem sobra, Mel?

— Gil, os que fariam algum sentido para mim: 1, 3, 5 ou 11. E agora?

A Gil olhou as fotos e riu.

— Bom, pelas fotos, eu ficaria com o 5!

— É, se fosse só pelas fotos, seria fácil.

— Personalidade, Mel?

— Nº 1!

Caráter?

— Nenhum!

Risos.

— Mel!

— Mas é verdade, Gil, nenhum demonstrou caráter o bastante até agora, não vai dar para avaliar por este item.

— Melhor ir por eliminação, Mel!

— Será, Gil?

Dos quatro, você tem que eliminar 1!

— É, Gil.

Eu penso, olho para a planilha, olho para a Gil!

"Ai que nervoso. *Crush Quiz* ninguém merece!"

— Eu não quero o 11!

— Viu, Mel, foi fácil.

— Mando a mensagem já?

— Lógico, eu quero saber, Mel!

Eu dou um tapa na Gil.

— Eu que quero saber, Gil.

— Vou torcer para ser o 3, ele batendo punheta é um espetáculo.

Bato na Gil de novo.

— Para, Gil! Eu tenho ciúmes!

— Ui, egoísta.

Eu pego o telefone e digito a mensagem, trêmula. Envio para o número anônimo. Respiro fundo e escrevo.

[12:33] Mel: Reinaldo, Leonardo e Carlos.

"Ai, meu Deus!"

O crush final

Lida!
— Já, Mel? Que rápido!
— Graças a Deus, né, Gil?
— E agora?
Silêncio.
— Ai meu Deus, responde, cara.
Vácuo.
Eu e a Gil sentadas no sofá olhando para a tela do celular na minha mão.
Nada.
— Vai, cara, responde!
— Calma, Gil!
— Calma, o caralho, o que é isso agora? Um sequestro?
— Água, Gil, vamos tomar água para acalmar.
— Que água, Mel? Abre um vinho!
— Gil, está na hora do almoço!
— Aceito o vinho!
Abro o vinho e sirvo duas taças.
"Sim, sim, ainda não são de cristal, mas cada dia mais chique."
Eu e a Gil bebendo, sentadas no sofá, ainda olhando para a tela do celular, agora na mão da Gil. Ela grita!
— Responde, caralho!
E de repente:

"??? Digitando..."

— Gil! Ele está respondendo.

"??? Digitando..."

— Vai logo, *crush* desalmado.

"??? Digitando..."

— Pqp, Mel, esse *crush* está catando pulga no celular.

"??? Digitando..."

— Vai, feição, digita logo.

"??? Digitando..."

— Mas que caralho, Mel.

223

Deu Match!

"??? Digitando..."

Eu e a Gil encostamos as costas no sofá e bebemos um gole olhando uma para a cara da outra. Olhamos de novo na tela do celular, agora na minha mão.

"??? Digitando..."

— Afe, Maria, que cara chato, Mel.
Risos.
— Estou nervosa, Gil.
— Claro, estou fazendo xixi nas calças já e esse cara não termina o textão dele. O que ele está pensando; que é prova do ENEM?
Bebemos mais um gole e olhamos para o celular.

"??? Digitando..."

Um texto aparece!
— Ufa.

[12:40] ???: Estou feliz por estar na sua lista, Mel, mas não o bastante para ir até a sua casa hoje e oficializar o pedido de namoro! Elimine mais um! Eu quero muito você! Na verdade, eu sou louco por você! Você nem imagina o quanto.

— E agora, Gil?
— Mas que cacete, esse cara, vai ficar brincando de detetive agora? Dá aqui esse telefone.
A Gil toma o celular da minha mão e começa a digitar.
— Gil, o que você vai escrever?
— Espera aí.
Gil digitando.
"Ai, meu Deus."
— Não queima meu filme, Gil.
— Você já queima ele sozinha, Mel?
"Pqp."
— Perdeu o respeito, hein Gil?
— Teve algum dia, Mel?
— Calúnia, Gil!
Ela me devolve o celular. E eu checo o que ela digitou.

[12:45] Mel: Quem me garante, que se eu eliminar mais um, você não vai pedir para eliminar outro? Quero saber quem você é!

— Boa, Gil!

O crush final

"??? Digitando..."

[12:46] ???: Elimine só mais 1 e se acertar eu vou na sua casa hoje!

— FDP, Gil, me ajuda!
— Pensa, Mel, pensa, dos 3, quais você prefere?
"Ok."
Eu começo a digitar.
— Vai logo, Mel, que eu quero saber como é que termina essa novela.

[12:47] Mel: Reinaldo e Leonardo.

— E o Carlos voz do caralho? Não?
— Gil!
— Mas e o Carlos, tesão da nossa vida?
— Nossa vida, Gil? Tem certeza?
— Ele é lindo demais, Mel!
Mensagem lida!
— Ai, meu Deus, Gil, ele já leu!
Vácuo!
— Você eliminou o gostoso do Carlos, Mel? Não acredito.
— Ah, Gil, já cansei dos joguinhos do Carlos, nem acho que ele seria capaz de fazer tudo isso.
— Ai, ai. É sério isso?
— Mega indeciso, sem iniciativa.
— É, mas agora está sem resposta, né?
— Será?
Eu e a Gil ficamos olhando fixamente para a tela do celular.
Nada.
"Nervoso, nervoso, nervoso."
Mais uma taça de vinho.
— Haja vinho hoje, Mel, puta que pariu.
— Bebe, Gil. Bebe!
Respiramos fundo e bebemos mais um gole.
Nada.
Encaramos uma à outra e respiramos fundo.
Silêncio na minha sala.
— E agora, Mel? Será que era o Carlos?
— Ah, não pode ser, não tem cara dele.
Rimos, já meio tontas com as taças de vinho.
Olhamos para a tela do celular.

"??? Digitando..."

Deu Match!

— Êeeeeeeeeeeeeeeeeeeee!
Eu e a Gil levantamos do sofá e pulamos igual duas loucas na sala, gritando.
— Ou é o Reinaldo ou o Leonardo, Mel! Qual você prefere?
— Ai, meu Deus, e agora, Gil?
Olhamos para a tela do celular, depois de voltarmos a nos sentar no sofá.
[13:01] ???: Hoje às 20 horas chego na sua casa.
— Viu, Gil? 20 horas!
— 20 horas e você desencalha, Mel!
Eu rio!
— FDP!

"??? Digitando..."

— Ele está digitando, Mel!
— De novo, feição?

[13:02] ???: Deixe a portaria liberada para Antônio. Só quero que você saiba pessoalmente. Preciso ver em seus olhos, se você me quer como eu te quero.

"Ui."
A Gil pega o meu telefone e manda três coraçõezinhos!
— Dada – eu falo.
— Virgem! – Gil retruca.
— Donzela.
Depois de passar a tarde ansiosa e me recuperar da bebedeira com a Gil, vou me arrumar daquele jeito.

[19:30] Traveca: Boa sorte, Mel! Estou feliz por vc!
[19:31] Mel: Obrigada, Gil, tô nervosa!
[19:32] Traveca: Me conta tudo depois! Tô em cólicas para saber quem é!
[19:32] Mel: Vc torce para quem, Gil?
[19:33] Traveca: Por vc!

"Oh, que amor..."
Até fico emocionada, mas tenho que manter o foco!
Eu ando de um lado para o outro, me arrumando toda.
Perfume, batom, cabelo lavado, com água praticamente fluidificada, xampu ungido, amaciante secreto, *lingerie sexy* quase invisível, vestido a vácuo, salto alto e pose! Muita pose!
— Música?
"Ai, meu Deus!"
— E agora?
Coloco qualquer coisa mesmo, vai o Vittar.

O crush final

Já sozinha, abro a segunda garrafa de vinho, a que sobrou, roubada do Leonardo, e vou bebendo, devagarinho.

"Preciso me acalmar, poxa."

Aparentemente, eu irei descobrir o amor da minha vida, ou pelo menos o único amor dentre os 13 *crushes* que eu conheci.

"Será que finalmente eu vou ter um final feliz? E se for o Reinaldo? Bom, o Reinaldo é lindo, inteligente, bom de cama, ui, ui, ui, só tem dois probleminhas: ser galinha e ter o cachorro."

— Ai, ai.

Suspiros entre um pensamento e outro:

"E se for o Leonardo? Bom, esse acaba comigo, tem a pegada do jeitinho que eu gosto, sabe falar as bobagens na hora certa, um beijo delicioso, mas é mentiroso, não sabe lidar com transparência. É, o Reinaldo nunca mentiu, sempre foi aberto. Mas as pegadas com o Leo foram mais intensas. Mas também não tive tantas com o Reinaldo, pode ser aperfeiçoado."

— Quem você quer, Mel? – pergunto a mim mesma e paro um instante, olhando para as paredes.

"1 ou 3? Qual será o meu número da sorte?"

Minha cabeça está uma zona.

— Foco, Mel, foco!

"1."

"3."

Tomo um gole de vinho.

O porteiro já está avisado.

"Não me barre ou faça gracinhas com o meu amigo Antônio."

Eu ando de um lado para o outro, com a minha taça na mão, aflita.

Olho no relógio do celular.

— São 20h05. O "Antônio" está atrasado.

Eu não me aguento, já estou pronta, andando para lá e para cá.

Eu digito no celular.

[20:05] Mel: Atrasado.
[20:06] ???: Calma, já estou entrando.

E eu estou nervosa. E nem estou de cinta-liga.

"Meu Deus do céu."

As flores estão num vaso no meio da sala e ficou bem bonito.

Continuo falando comigo mesma:

— Quem eu quero? Quem eu prefiro? 1 ou 3? Reinaldo ou Leonardo?

Toca a campainha.

Coração batendo, quase saindo pela boca, suor frio, cabeça latejando, pensamentos a mil por hora.

"Ai meu Deus, ai meu Deus, é agora."

— 1 ou 3?

Meu coração acelera ainda mais, acho que vai sair pela boca.

Deu Match!

— Quem você quer, Mel?
"Calma, Mel, respira!"
— O 1 ou o 3?
"Calma, Mel, calma, respira, respira, 1, 2, 3, 4."
— Ai...
"1 ou 3?"
Eu bebo mais um gole de vinho, ajeito o cabelo, empino o peito, a bunda, prendo a respiração, ajeito a sobrancelha, arrumo o vestido e coloco a mão na maçaneta.
— 1 ou 3?
Giro.
"1 ou 3?"
Eu abro.
Estou com os olhos fechados, para baixo e quando abro, vejo um par de sapatos preto.
Subo o olhar, devagar.
— Não acredito! É você?
— Sou eu, Mel!
Abro um sorriso!
Reinaldo está em pé, na minha porta, de terno e gravata, lindo, com aquele cabelo grisalho e sorriso que eu amo.
— É você, Re...
— Sou eu, Mel!
Ele fala, sorrindo, lindamente.
Só um detalhe atrapalha a perfeição dessa imagem: o cachorro!
— Eu tive que trazer ele, Mel, não tive com quem deixar.
— Ai, meu Deus – eu solto, sem disfarçar, olhando para o cachorro, que já começa a latir.
O cachorro pula em cima de mim.
"Socorro, é isso mesmo? Aceite um pedido de namoro e ganhe um cachorro lambão? Hum, não sei se eu quero não."
— Entra Re – eu digo.
Ele me beija ali mesmo.
"O que tem essa entrada que todo mundo acha que pode me agarrar na porta?"
Ok, vamos aproveitar o momento de afeto, para não dizer outra coisa.
Tirando o cachorro me cheirando inteira, o beijo está daquele jeito.
— Tudo bem? – Reinaldo pergunta.
— Tudo, me explica o que está acontecendo, Reinaldo?
Ele me agarra e me beija outra vez.
"Sai, sai do meu pé, ui, a língua bem no meio do dedão, é o horror, meu Deus do céu, eca."
Balanço o pé e a perna.
"O horror!"
Reinaldo entra, logo após o cachorro.

O crush final

A gente se senta no sofá e com sorte o cachorro vai ficar no chão, ao lado dos pés de seu dono e não nos meus.

"Isso, bonitinho, fica aí, não se mexe, não late, só respira, bonzinho."

— Eu quero namorar com você, Mel.

— Mas assim, Reinaldo, do nada?

Ele passa a mão no meu cabelo e dá um beijo em minha bochecha, extremamente carinhoso.

— Como do nada, Mel? A gente se conhece faz um tempão, ficamos algumas vezes e eu sei que você quer namorar.

Eu suspiro e respondo:

— Sim, inclusive eu acabei ficando com um monte de gente, porque você não quis nada no começo, eu queria.

— E sei, parte você me contou no dia da entrevista e outra parte eu mesmo vi, Mel.

"Ai, meu Deus. Como assim, viu?"

— Como assim viu, Reinaldo?

— O bar que você vai é o bar do meu pai, Mel.

Silêncio.

Boca aberta, nem respiro.

— Oi? Como? O Bar Morumbi é o bar do seu pai, Reinaldo? Como assim?

Ele ri.

"Cadê o buraco no chão, para eu me esconder agora?"

— Mas como assim, Reinaldo, de onde você me viu? Eu nunca vi você no bar.

— Você sempre fica na área externa do bar e eu sempre fico do lado de dentro, ajudando meu pai.

— Então foi o seu pai que me expulsou de lá um dia?

Ele dá uma gargalhada.

— Ah, mas foi merecido, né doida, você e a sua amiga travesti brincando com os vibradores em cima da mesa e enfiando eles nas bebidas e chupando depois?

"Minha nossa senhora protetora das doidas."

— Eu não lembro disso, Re.

— Ah, mas eu lembro.

— Que vergonha, Reinaldo.

— Pior foi você fugindo do Roberto, que ficou peladão no estacionamento e do Chico beijando seu pé.

— Você viu isso também?

— Claro que vi, Mel, quem você acha que foi resolver as encrencas com eles e os seguranças depois?

— E você viu o Preto Velho também?

Ele balança a cabeça.

"Vergonha, vergonha, vergonha!"

— Vi, Mel!

"Jesus, Maria, José, ele me viu em quase todos os meus encontros."

— E mesmo assim você quer ficar comigo, Re?

— Claro que eu quero, eu sempre quis.

Deu Match!

— Como sempre quis, Reinaldo?
— Eu precisei passar por minhas experiências e quis observar quem você é.
— Mas tudo isso de observação? Não é muito para você?
Ele pega na minha mão e me encara:
— Você é um encanto, Mel, eu estou apaixonado por você, me divirto assistindo você.
Eu não consigo conter um sorriso.
Eu fico olhando para ele, de boca aberta e provavelmente roxa de vergonha, só tentando respirar como uma pessoa normal.
— Agora eu não quero assistir mais, Mel, quero fazer parte da sua vida e não só do seu livro.
Eu rio.
— Você vai ser o meu final feliz, Re!
— Eu sei!
Eu fico olhando para aqueles cabelos grisalhos e sorriso lindo, tentando excluir o cachorro babão da imagem.
"Ele bem que podia se chamar Chico, é a cara dele."
— Até vou na igreja com você, se você quiser, Mel!
"Oi?"
— Você vai na igreja comigo, Reinaldo?
— Sim. Se você quiser.
Ele fica me olhando com aquele sorriso.
"Isso sim é prova de amor!"
Ele me beija delicadamente e volta a encarar meus olhos.
Eu suspiro e olho de volta. Acho que estou atordoada.
"O genro que meu pai pediu a Deus. Só pode ser resultado de oração, vigília e jejum do meu pai!"
Ele me beija, enquanto me abraça calorosamente.
"Reinaldo, Reinaldo, seu tratante, por que não ficou comigo logo de cara? Teria evitado tudo isso, minha vida virou uma bagunça."
Respiro.
"Meus pais vão ler esse livro."
Respiro de novo.
"Eu não precisaria ter feito planilha, ter escrito a porra toda, fugir de um pervertido, cair nas garras dos safados do 3 e do 5, ter os pés lambidos pelo seu vizinho, receber mensagens do Preto Velho, ter a calcinha roubada, sair com um brocha pessimista, ter ido presa, ir ao motel liberar um *crush* algemado, ser enganada por um *Cat-Fish* e ter meu filho e o porteiro como testemunhas disso tudo."
Ele me olha com ternura.
— Você tem noção do que está passando pela minha cabeça, Re?
— Doidinha do jeito que você é, não faço ideia.
Ele ainda ri.
"Bom, com a bagunça toda, ao menos eu conheci a Gil. E encontrei você!"
Reinaldo olha em meus olhos e toca meu queixo. Em seguida me beija devagar e me olha de novo.

O crush final

Morde meu lábio inferior e beija intensamente.

— Por que você não ficou comigo logo de cara, Reinaldo? Você sabe que a minha vida virou uma bagunça.

— Vamos desbagunçar então, ué.

— Sério, Re?!

"Um charme sempre me cai bem."

— Seríssimo.

Reinaldo me beija de novo e me puxa pelo cabelo, gemendo e respirando fundo.

O cachorro sai correndo pelo meu apartamento, latindo, tentando pegar alguma coisa.

"Respira, Mel, calma, 1, 2, 3, 4."

Barulho de coisas caindo no chão e quebrando.

"Ai."

O Reinaldo levanta e grita com o cachorro e eu levanto em seguida e ponho as mãos nos ouvidos.

"Que se foda, antes bagunçar o apartamento do que toda a minha vida de novo."

Eu agarro o Reinaldo, tirando seu paletó e tentando excluir os barulhos do cachorro.

Ele me pega pela cintura e me joga na parede, abrindo toda a minha roupa.

O cachorro continua, em algum lugar.

— Ai.

Já, já é hora de atualizar a Gil!

Vai vendo.

Nota da autora

Este livro foi baseado numa experiência real da autora, eu, a Carol!

Apesar da experiência pelo *app* ter realmente ocorrido, a maioria dos fatos é criação dos meus exercícios ficcionistas. Embora as entrevistas sejam reais, os nomes e fatos foram alterados e qualquer semelhança é só mera coincidência.

Agradeço o tempo e atenção dos *crushes* que conheci e que respeitosamente se encontraram comigo.

Cenas que sugerem religião e gênero são apenas recursos para situações improváveis, inusitadas e divertidas, não tendo nenhuma intenção de desrespeito ou desmerecimento.

Espero que meus leitores tenham se divertido com o livro e com as loucuras da Mel, da Gil e da Bia, mas que também tenham refletido sobre a importante arte do relacionamento humano.

Desejo que todos que estejam buscando um grande amor saibam onde encontrá-lo! Eu, na vida real, opto por outros caminhos!

Amor não é sexo, mas é possível se fazer sexo com muito amor!

Tem muita gente boa por aí, que se ressente da falta de transparência do outro. Seja legal e mostre quem você realmente é, sobretudo para você mesmo! Com isso, a chance de se dar bem, seja para o sexo ou para o amor, se torna maior e mais compatível!

E quando achar o que procura, cresça e proporcione crescimento ao outro.

Que seu *match* seja inesquecível, na lembrança daquele momento intenso de muito prazer ou daquela intimidade de alma, que só acontece quando se ama!

Muito obrigada!

Quer saber mais sobre mim? Carolinavilanova.com